KB000842

울지 않는
열다섯은 없다

울지 않는 열다섯은 없다

이 책을 먼저 읽은 독자들의 추천

사연 없는 열다섯도, 울지 않는 열다섯도 없었다. 시간이 순삭됐을 정도로 오랜만에 집중해서 읽은 책. _갱이갱이

많은 생각이 들게끔 하는 이야기였다. 교사와 학부모, 학생이 모두 한자리에 모여 이 책으로 토론해 보면 좋겠다. _풀풀

우리 시대에 꼭 필요한 책. 지금이라도 출간되어 정말 다행이다. _명예기자

읽는 내내 마음이 무거웠지만 외면하지 않고 직면해야 할 이야기라고 생각한다. 우리가 관심을 가지고 생각할수록 세상은 더 나아질 것이다. 울지 않는 열다섯은 없지만 세상을 변하게 하는 열다섯은 있다. _열매31

모든 게 해결되는 마법 같은 일이 마지막까지 일어나지 않지만 오히려 그 점이 현실적이라서 좋았다. _글자람

울어도 좋다. 그것이야말로 열다섯의 특권이니까. _서군

인생이 쉽지만은 않지만, 모든 십 대여 힘내시라. 지금의 어려움은 여러분의 잘못이 아니다. 내일은 분명 해가 뜬다! _민투투투유

시간이 지나면 잿빛 하늘이 푸른 하늘로 변하는 것처럼 울고 있는 삶에도 웃음은 어김없이 찾아온다. _다가모 박경선

'학폭' '왕따' '가난' '유기견' 등 쓴맛을 지닌 소재가 많지만 주노의 올곧은 마음과 용기 덕에 이야기는 냉기보다 온기로 가득하다. 냉탕과 온탕을 오가게 하는 손현주 작가다운 성장소설. _namuya

주노를 비롯해 여러 인물의 마음을 들여다보니 '울지 않는 열다섯은 없다'라는 말이 대번에 와닿았다. _책모아 윤민영

첫 문장부터 가슴이 아려온다. 나의 미숙함으로 상처받은 이들은 없었는지 한참 생각하게 하는 책이다. _**뉴몽몽이**

십 대들이 어떤 가치관으로 인생을 살아가야 할지 다시금 생각해 보게 하는 중요한 이야기. _**bookdiaryim**

열다섯이라는 어린 나이에도 꿋꿋이 곤경을 잘 헤쳐나간 주노에게 힘껏 칭찬해 주고 싶다. _**수수**

과연 나라면 이 어둡고 끝이 보이지 않는 시간을 통과할 수 있을까. 많은 생각과 다양한 감정을 불러일으키는 성장소설이다. 변하지 않을 것 같은 세상을 변하게 하는 힘은 바로 우리 안에 있다. _**젤리뽀자야**

혼란스러운 시기에 수치심, 아픔, 두려움을 이겨낸 주노가 어른처럼 느껴졌다. 어쩌면 어른보다 더 어른 같은 열다섯일지도 모른다. _**블링블링마녀**

결국에는 웃게 될 우리들의 이야기. 방황하는 십 대들이 한 번쯤 읽어보고 마음을 되잡길 바란다. _**가우뤼**

십 대들은 물론이고 어른들도 꼭 읽었으면 하는 책. 울 수밖에 없는 열다섯 인생, 하지만 그 속에서도 희망은 있다! _**대모미블리**

나라면 견디지 못했을 그 상황에서도 엄마를, 예지를, 개들을 먼저 배려하는 주노를 보면서 단단한 힘을 느꼈다. 작은 심장이 있기에 세상은 더디지만 변한다. _**가온길**

어른들이 조금만 더 관심을 가진다면, 덜 이기적이라면 십 대들이 힘든 상황에서도 한 가닥 희망을 품고 살지 않을까 하고 반성하게 됐다. 못난 어른들에게 희망의 존재를 알려주는 열다섯 주노의 이야기. _**프럼미**

차례

일러두기

- 이 책은 2017년 자음과모음에서 출간된 『소년, 황금버스를 타다』의 개정증보판입니다.
- 본문에 수록된 시 「너무 작은 심장」은 『사랑하라 한번도 상처받지 않은 것처럼』(류시화 편, 오래된미래, 2005)에서 인용했습니다.

열일곱 마리의 개

결국 우리 가족은 거리로 쫓겨났다. 개 열일곱 마리와 함께. 그것은 열다섯 살인 내가 감당할 수 없는 일이었다.

골목 어귀에서 만난 엄마는 아침과는 다른 모습이었다. 발치에는 개들이 퀭한 눈으로 웅크리고 있었고 오랜만에 맨 목줄 때문인지 다들 예민해 보였다. 그중 몇 놈은 머리를 맞댄 채 으르렁대기까지 했다. 다른 놈들은 앞발로 땅바닥을 긁으며 서로를 노려봤다.

엄마는 푸석한 긴 머리를 노란 고무줄로 질끈 동여매고 담배를 꺼내 입으로 가져갔다. 그러고는 꿈꾸듯 멍한 눈을 내리깐 채 담배에 불을 붙였다. 나는 엄마의 초췌해진 얼굴을 애써 외면했다. 눈 밑 기미도 오늘따라 검게 도드라졌다. 주디는 엄마 옆에 찰싹 붙어 껌을 질겅질겅 씹고 있었다.

엄마는 골목 입구로 들어선 나를 보자마자 손을 흔들어 댔다. 시종일관 나만 기다린 듯했다. 엄마를 보는 순간 모른 척하고 싶었지만 눈길을 피할 순 없었다.

빌라 입구에 낯익은 가재도구들이 보였다. 이불 보따리와 간단한 주방용품, 옷가지를 넣은 여행용 캐리어 등이 골목을 차지하고 있었다. 꼭 태풍이 휩쓸고 간 자리 같았다. 엄마와 주디의 행색은 노숙자가 따로 없었다. 반가움도 잠시였는지 엄마는 망연자실 앉아 담배꽁초를 바닥에 짓이기며 한동안 땅만 바라봤다.

하루 만에 모든 상황이 달라졌다. 애초부터 엄마를 믿은 내가 잘못이었다. 살림살이가 정말 골목까지 나와 있을 줄은 몰랐다. 이 많은 개들과 어디서 무슨 수로 지낼지 앞이 캄캄했다. 가족만 아니었다면 혼자서 삼십육계 줄행랑을 치고 싶은 심정이었다.

"다른 짐들은?"

"당분간 쓸 것만 챙겼어. 나머지는 이삿짐센터에 맡겼고."

짐을 맡겼다는 건 언젠가 다시 되찾겠다는 뜻이겠지만 딱히 믿음이 가지 않았다. 그 말은 그저 불안감을 잠재우려는 노림수 같았다.

골목으로 나온 짐들을 보자 괜스레 짜증이 솟구쳐서 죄 없는 앉은뱅이 밥상을 발로 걷어찼다. 밥상은 맞은편 담벼락에 부딪히더니 보기 좋게 뒤집혔다. 그 순간 컹컹컹! 개들이 요란하게 짖어대기 시작했다.

"조용히 해! 저놈의 개들은 시도 때도 없이 짖어대! 눈치도 더럽게 없네."

"이주노! 너 미쳤어? 네가 깡패야? 밥상까지 뒤집게! 네 마음대로 발길질해도 되는 거냐고! 남편 없다고 이제 자식 놈까지 날 홀대하네."

엄마가 날 노려보며 소리를 질렀다. 날아간 밥상 탓도 있겠지만 개들이 짖는 건 골목을 지나가는 낯선 사람들 때문이었다.

"뚫린 건 하늘밖에 없네……."

엄마는 하늘을 올려다보며 중얼거렸다. 구름 한 점 없이 맑은 하늘이었지만 내 눈에는 먹구름이 잔뜩 낀 것처럼 느껴졌다. 우리 가족이 무슨 죄를 지어 집 밖으로 쫓겨났는지 하늘에다 물어보고 싶었다. 멀쩡하던 하늘에서 갑자기 거대한 먹구름이 나타나 우리를 집어삼킬 것만 같았다.

"네 아빠가 죽지만 않았어도 여기까지 오진 않았어. 지지리 복도 없는 년."

엄마가 갑자기 아빠 이야기를 꺼내더니 어깨를 들썩였다.

엄마가 눈물을 글썽대자 급기야 주디까지 울음을 터트렸다. 모녀는 서로 얼싸안고 길바닥에서 눈물을 한바탕 쏟아냈다. 저놈의 눈물은 시도 때도 없이 잘도 흘러나왔다.

숨을 크게 들이쉬며 평정심을 유지하려고 애써봤다. 나는 이 집의 하나뿐인 남자이자 실질적인 가장으로서 모녀를 단단히 챙겨야 했다.

"운다고 죽은 아빠가 관 뚜껑 열고 살아 나와? 나오냐고!"

미간을 찌푸리며 소리를 빽 질렀다. 죽은 사람은 죽은 사람이고 산 사람은 살아야 하는데 모녀는 현실 감각이 제로였다.

"얘가 어린 동생 앞에서 툭하면 소릴 지르네."

엄마는 언제 울었냐는 듯 고개를 들더니 혼잣말처럼 중얼거렸다.

"지금 울 때가 아니잖아. 오늘부터 저 개들하고 어쩔 거야!"

개들과 엮이면 인생이 피곤해진다더니 그 말이 꼭 맞았다. 엄마는 몸집이 작은 개들은 케이지 안에 넣고 덩치가 조금 큰 개들에게는 목줄을 달았다. 저마다 사연이 있는 녀석들이다. 온몸이 부스럼 딱지로 뒤덮인 부슬이, 꼬리가 까맣게 그을려 잘린 똥꼬, 식탐이 무지막지한 열무, 가장 나이가 많은 해롱이 등 모두 집을 잃은 유기견들이다.

개들은 음식물 쓰레기가 담긴 종량제봉투를 서로 차지하려고 이빨을 드러냈다. 거칠게 물어뜯은 봉투 사이로 찌꺼기가 터져 나오자 미친 듯이 핥아댔다. 이런 구질구질한 개들까지 맡게 된 내 인생이 참으로 한심했다.

오늘은 내 생일이기도 하다. 엄마는 오늘이 아들 생일인지도 모르는 듯했다. 주디는 오물거리던 입으로 볼이 터지도록 껌을 불었다. 입에서 나온 풍선이 점점 커지더니 이내 퍽 하는 소리와 함께 터지고 말았다. 주디가 입가에 달라붙은 껌을 손가락으로 뜯으며 말했다.

"이제 우리 어떡해?"

"뭐, 죽기야 하겠어."

무사안일과 천하태평이 신조라는 듯 엄마는 무덤덤한 표정이었다. 그런 얼굴을 보고 있자니 속이 터질 것 같았다.

이 동네가 재개발지구로 지정됐다는 사실은 이사 오기 전부터 알고 있었지만 이렇게 빨리 집을 떠나게 될 줄은 몰랐다. 당장 집을 비워야 한다는 사실을 불과 일주일 전에 들었다. 그 전에도 집주인이 하루빨리 나가달라고 수시로 독촉했었다. 그래서 엄마가 가족이 지낼 만한 곳을 어떻게든 마련했으리라고 기대했는데, 단단히 잘못된 생각이었다.

이미 동네를 떠난 사람들이 많았다. 골목 어귀의 두 전봇대 사이에는 "세입자 주거권을 보장하라!"라고 적힌 현수막이 걸려 바람에 펄럭였다. 다닥다닥 붙어 있는 빌라는 밤에도 불이 꺼져 있었고 골목에는 인적마저 끊겼다. 골목 어귀의 슈퍼가

문을 닫는 바람에 라면이라도 하나 사려면 길 건너에 있는 아파트 단지로 가야 했다.

길 하나 차이로 낡은 주택가와 고급 아파트가 함께 있는 셈이었다. 길 건너 아파트는 하늘에 곧 닿을 듯했다. 천국에 가기 쉽겠다는 생각이 들 정도로 높았다. 사방으로 아파트가 빼곡한 그곳에서 우리 가족은 빠져나올 수가 없었다. 그래서 마지막까지 버티고 버텼다.

문제는 언제나 개들이었다. 개들과 함께 이사해야 한다고 엄마가 고집을 부리는 통에 집을 구할 수가 없었다. 어떤 집주인이 이렇게나 많은 개들을 데리고 있는 세입자에게 집을 내주겠는가. 더구나 집값까지 천정부지로 올라 우리 가족 형편으로 갈 수 있는 곳을 찾기가 어려웠다.

멀지 않은 곳에 이모네 집이 있었지만 개들 때문에 차마 가겠노라는 말을 꺼낼 수 없었다. 그러다 보니 개들을 볼 때마다 내다 버리고 싶은 충동이 일었다. 저 개들은 내 발목을 잡는 악당이기 때문이다.

옆 골목에서 도시가스 배관 해체 작업을 하러 온 아저씨들이 땅을 파고 있었다. 텅 빈 동네에 울려 퍼지는 드릴 소리가 내 마음을 무겁게 짓눌렀다. 마치 우리만 나가면 모든 게 완벽하리라는 소리로 들렸다. 안전모를 쓴 아저씨들은 며칠 전까지만 해도 쇠망치로 유리문을 부수고 있었다. 위협적인 그 소리가 집 안까지 날카롭게 들리곤 했다.

"주노야."

잠잠하던 엄마가 갑자기 눈을 반짝이며 말했다.

"생각났어."

"뭐가?"

"으음, 그게……. 너 혹시 흉가라고 아니?"

엄마는 아주 발랄하게 말했다.

"흉가? 귀신 나오는 집 말하는 거야?"

"정 안되면 거기라도 가자."

이럴 때 보면 엄마는 겁이 없는 사람 같았다. 엄마는 흉가 이야기를 하다 말고 옆에 있던 에코백에서 담배를 한 대 꺼내 물고는 라이터를 찾았다. 니코틴 중독인 엄마가 좋아하는 담배는 길고 가늘었다.

"이런 개뿔. 이제 라이터까지 말을 안 듣네."

부싯돌이 피식거리며 헛돌자 엄마는 짜증을 내며 라이터를 골목 구석으로 던져버렸다.

"일단 이모한테 가자!"

나는 엄마를 똑바로 바라보면서 비장하게 말을 꺼냈다.

"뭐? 이모?"

"그러네. 엄마, 이모한테 전화라도 해봐."

옆에 있던 주디가 보다 못해 한마디 거들었다. 엄마는 이모라는 말에 정신이 번쩍 든 듯 내 휴대폰을 낚아채 번호를 눌렀다. 잠시 후 아무 말도 없이 휴대폰을 귀에서 뗐다.

"전화 안 받아. 저번에 우리 집 사정 얘기했었거든. 그래서 일부러 안 받는 게 분명해. 나쁜 년, 피붙이라곤 딱 저하고 나 둘뿐인데. 이렇게 인정머리가 없는 년은 처음 봐."

"저번에 얘기했을 땐 이모가 뭐랬는데?"

"개들까지 집으로 끌고 오면 초상 치를 줄 알래. 경찰에 신고해서 백 미터 내에 접근 금지 신청을 하겠다나. 걔들 떼고 오면 한번 생각해 보겠다던데."

"진짜?"

주디가 눈을 동그랗게 뜨면서 말했다.

"이모 말도 맞지 뭘 그래. 저런 떠돌이 개들을 끌고 들어가겠다는데 누가 반겨!"

"관두라고 해. 자기 집으로 오라 해도 가고 싶지 않아. 겨우 쥐꼬리만 한 생활비 좀 보태면서 유세는 또 얼마나 떠는지 몰라. 사실 그 집구석에 들어가도 문제야. 눈치를 또 얼마나 봐야겠니. 차라리 잘됐어."

엄마는 그동안 이모에게 서운했던 감정을 숨기지 않았다. 이모는 잡화점을 운영했는데 장사 수완이 좋아서 제법 돈을 벌었다. 더구나 자식이 없는 탓에 나와 주디에게 용돈을 줄 때가 많았다. 엄마가 일을 그만둔 뒤로는 생활비를 조금씩 보태

주고 있었다.

"엄마, 개들 그냥 보호소에 보내자."

엄마를 설득하려고 유기견 보호소 이야기를 꺼냈다.

"거긴 안 돼. 며칠 보살피는 척하다가 싹 다 죽여버린다고 몇 번이나 이야기했잖아!"

엄마는 잠깐의 틈도 주지 않고 단호하게 거절했다. 드라마 같은 반전을 기대했건만 역시 그런 게 있을 리 없었다.

컹컹컹! 개들이 지나가는 사람들을 향해 한꺼번에 짖었다.

"이게 뭐냐고! 저놈의 개들 때문에 진짜……."

나는 엄마가 들으라는 듯이 화를 내며 투덜거렸다.

"참, 거기가 있었네!"

엄마가 갑자기 자리를 털고 일어나며 소리를 질렀다.

"이 지긋지긋한 소굴에서 벗어날 때가 됐어. 이제 엄마만 믿으면 돼."

엄마는 예측할 수 없는 사람이다. 조금 전 모습과는 달리 시동 걸린 트럭처럼 뭔가 흥분했다.

"아까 그 흉가 말하는 거야?"

"따라와 보면 알아."

엄마는 사막에서 오아시스라도 찾은 듯 상기된 얼굴이었다. 자신 있게 말하는 걸 보니 정말 흉가로 데려갈 것 같았다.

개들을 집으로 끌어들인 건 엄마였다. 삼 년 전 아빠를 잃은 후, 엄마는 습관처럼 유기견을 집으로 데려왔다. 처음에는 한 마리였다가 금세 서너 마리가 됐고 얼마 못 가서 열 마리가 넘게 됐다.

"비글이랑 닥스훈트 믹스인가?"

"아니, 얘는 시츄랑 섞였을걸?"

이제 요크셔테리어, 몰티즈, 비글 등 순종견은 물론이고, 정체성을 알 수 없는 믹스견까지 다양한 녀석들이 한 식구로 살고 있다.

우리 집은 애초부터 개를 키울 형편이 아니었다. 유기견을 입양하는 것은 훌륭한 일이지만 우리에게는 그럴 만한 여유가 없었다. 사정이 이런데도 떠돌이 개들을 집으로 끌어들인 것은 재앙의 씨앗이었다. 세 명이 살기도 빠듯한 집에 감당하기 어려운 군식구들이 불어나면서 원치 않는 동거가 시작됐다.

비좁은 반지하가 개들로 가득 차자 집 안은 배설물 때문에 발 디딜 수 없는 상태가 됐다. 개들 역시 좁은 공간에 대한 스트레스 때문인지 어느새 모두 공격적으로 변했다. 집 밖에서 들리는 작은 소리에도 예민하게 반응했고 서로 목청을 자랑하듯 밤새 번갈아 짖어대며 서열을 다투었다.

힘이 센 개들은 툭하면 이빨을 드러내며 약한 개들을 구석으로 몰았다. 목을 물어뜯어 피를 보는 상황도 수시로 일어났다. 그럴 때마다 엄마는 막대기로 힘센 개들을 다른 방으로 몰아내곤 했다.

열무의 꼬리를 물어뜯은 대박이는 엄마가 아무리 혼내고 타일러도 타고난 성격 때문인지 난폭함이 쉽게 줄어들지 않았다. 며칠 전에는 스토커처럼 열무를 따라다니며 그르렁대던 통에 혼을 내주려다 오히려 내 손을 물리기도 했다.

"아오! 저놈, 지 주인도 몰라보네. 확, 그냥!"

내가 성난 눈으로 대박이를 노려보자 엄마가 대꾸했다.

"어디선가 학대받은 게 분명해. 저렇게 사나워진 것도 다 이유가 있을 거야."

"이놈은 천성이 사나워! 약한 놈만 골라 못살게 군다고!"

나도 모르게 그 녀석들이 떠올라 소리를 지르고 말았다. 놈들도 툭하면 약한 아이들을 괴롭히며 못살게 굴었다. 급식 시간에는 다른 아이들의 고기반찬을 마구 빼앗아 먹기까지 했다. 엄마는 내가 학교에서 괴롭힘을 당하는지 모른다. 이런 사실까지 안다면 엄마의 우울증은 더 심해질 게 뻔했다.

오늘 학교 급식에서 떠먹는 요구르트가 나왔다. 요구르트를 책상 위에 올려두고 화장실에 다녀왔는데 의자에 하얀 덩어리가 잔뜩 묻어 있었다. 그 덩어리의 정체는 요구르트였다. 자리를 비운 사이 누군가 장난을 친 것이었다.

자리에 앉을 수 없는 건 물론이고 요구르트로 책가방까지 엉망이었다. 누가 이런 행동을 했는지 목격한 아이가 분명 있을 텐데 아무도 나서서 알려주지 않았다.

낄낄대는 소리가 들려 돌아보니 강효재 패거리였다. 나는 놈들의 먹잇감 중 하나였다. 장난을 빙자한 괴롭힘을 학기 초부터 당해왔기 때문에 이제 익숙했다.

나는 놈들에게로 다가갔다.

"강효재, 네가 했지?"

"뭐? 이주노 이 새끼 생사람 잡네."

"우우."

강효재 옆에 있던 놈들이 날 바라보며 야유를 퍼부었다.

"미친놈 아니야? 내가 했다는 증거 있어?"

"증거?"

대번에 말문이 막혔다. 심증은 있지만 물증이 없었다. 분명 강효재 패거리의 짓일 텐데 반 아이들은 입을 다물고 못 본 척했다. 어쩔 수 없이 별 대꾸를 하지 못하고 내 자리로 돌아왔다.

휴지로 의자를 닦아냈다. 달큼한 요구르트 냄새가 악취처럼 느껴졌다. 손이 온통 끈적거렸다. 휴지 뭉치를 쥐고 있는 손에 힘이 잔뜩 들어갔다. 저놈들은 지옥에서 온 걸까. 급식실에서 교실로 올라오던 중에도 마주쳤다는 이유로 명치를 때렸다.

바로 그때 담임이 교실로 들어왔다. 내 자리는 맨 앞이어서

요구르트를 다 닦지도 못하고 자리에 앉고 말았다. 끈적한 느낌이 바지에 달라붙었다. 주변이 온통 요구르트 냄새로 진동했다. 담임은 교실로 들어오자마자 인상을 구겼다.

"이게 무슨 냄새야?"

"요구르트요! 주노가 요구르트를 엎었어요."

이번에도 강효재였다.

"이주노, 요구르트 하나도 제대로 못 먹어? 너 입이 뒤통수에 달렸어?"

담임이 나를 보며 소리쳤다.

아이들은 이 상황이 우스운지 책상까지 쳐대며 큰 소리로 낄낄거렸다.

엄마는 골목 입구에 사는 폐지 줍는 할머니에게 리어카를 빌렸다. 이불 보따리와 간단한 살림살이를 차곡차곡 실었는데 리어카가 작아서인지 짐들이 위태위태하게 매달렸다. 대부분 나와 주디의 짐이었다. 이삿짐을 동여매면서도 여전히 엄마가 의심스러웠다. 정말 개들과 살 집이 있다는 말이 선뜻 믿어지지 않았다.

살림살이를 다 싣자 엄마는 우리에게 뒤에서 리어카를 밀라고 했다. 엄마는 리어카를 끌면서 "6·25전쟁 때나 했을 리어카 이사를 다 해보네"라며 중얼거렸다.

리어카가 도착한 곳은 얼마 전까지 버스 종점이었던 공터였다. 텅 빈 공간을 보는 순간 어이가 없었다. 몇 년 전부터 이곳에 빌딩이 지어질 것이라는 소문이 돌았다던데, 버스 회사가 떠난 지 반년이 다 되어가지만 공사가 시작될 기미조차 보이지 않았다. 항간에는 땅에 소송이 붙었다는 말도 돌았다.

뒤를 돌아보니 졸졸 잘 따라오던 새우가 보이지 않았다. 깜짝 놀라 리어카를 팽개치고 주디와 함께 새우를 찾아 헤맸다.

새우를 발견한 건 놀이터 입구에 있는 과일 가게 앞이었다. 새우는 땅에 코를 박고 있었다. 과일을 집어 먹기 전에 당장 새우를 잡아야 했다. 우리와 눈이 마주친 새우는 뭔가를 쩝쩝거렸다. 얼른 목을 낚아채 들어 올렸더니 입에 바나나 껍질이 물려 있었다.

"넌 이 와중에도 말썽을 부리고 싶냐? 엉!"

나는 화를 참지 못하고 냅다 소리를 질렀다. 새우의 입 주변에 바나나가 거뭇거뭇 묻어 있었다.

"이거 완전 악동이네. 에이, 씨!"

물고 있는 껍질을 빼앗고서 새우를 땅에 내려놓았다.

"새우야, 가자."

새우를 앞장세우고 걸었다. 그런데 새우가 조금 걷는 듯하더니 이내 숨을 쌕쌕 몰아쉬며 땅바닥에 주저앉았다.

"일어나라고! 아오, 끝끝내 속을 썩이네."

새우는 듣는 척도 하지 않았다. 할 수 없이 새우를 안고 걸어갔다.

공터에 도착하니 이미 먼저 온 개들이 담벼락 기둥에 묶여 있었다.

"이제 얘들은 여기에 둘 테고, 우린 어디서 지내?"

엄마에게 우리가 지낼 곳이 어딘지 물었다.

"걱정 마. 다 생각이 있어."

엄마는 나를 빤히 보며 여유 만만한 태도를 보였다.

"저기 저쪽을 봐."

엄마는 손끝으로 무언가를 가리켰다. 그곳에는 낡은 버스 한 대가 서 있을 뿐이었다.

"어디?"

"저기, 저거!"

내가 재차 묻자 엄마는 다시 손가락으로 낡은 버스 쪽을 가리켰다. 검은 먼지를 뒤집어쓴 버스는 당장 폐차장으로 가야 할 것만 같았다. 오래전부터 공터에 있었던지라 낯이 익었다.

"설마 저 버스?"

"맞아."

불길한 예감은 틀리지 않았다. 엄마는 당당하게 버스 쪽으로 걸어갔다. 가까이 다가가서 살펴보니 여닫이 격자창은 깨져 있었고 차체는 페인트가 벗겨져서 누더기를 걸친 듯했다.

그런 모습에도 아랑곳하지 않고 엄마는 버스 출입문을 잡아당겼다.

끼이익, 기분 나쁜 소리를 내면서 문이 열렸다. 텅 빈 버스 안으로 들어가자 엄마의 눈이 갑자기 빛나기 시작했다. 저런 눈빛을 가질 때 엄마는 늘 사고를 쳤다. 저 눈빛을 조심해야 한다. 엄마의 생물학적 나이는 마흔다섯이지만 정신연령은 나보다 어린 게 분명했다.

버스 안에는 의자가 뽑힌 자리마다 우묵한 구멍이 뚫려 있었다. 바닥에는 먹다 남은 음료수 캔과 술병이 굴러다녔고 코를 찌르는 악취까지 풍겼다. 뒷좌석 쪽에는 군데군데 오래된 구토 흔적까지 있었다. 그 위로 똥파리들이 윙윙대며 날아다녔다. 웩웩! 구역질이 나 도저히 견딜 수 없어 버스 밖으로 튀어 나갔다.

“괜찮니?

엄마가 버스 창밖으로 목을 내밀고 소리쳤다.

“엄마는 이게 괜찮아 보여?”

나는 볼멘소리로 짜증을 냈다. 잠시 후 다시 버스 안으로 들어갔다. 엄마는 악취 따위 별거 아니라는 듯 여전히 구석구석을 큰 눈으로 살피기에 여념이 없었다. 아마도 폐차 직전인 버스에서 지낸 사람이 여럿 있었던 모양이다.

“오케이!”

엄마가 느닷없이 경쾌하게 소리를 질렀다.

"이 정도면 얼마간 지내도 되겠네. 개들이 짖어도 뭐라 할 사람도 없고. 공터야말로 개들이 지내기에는 최적의 장소지. 안 그래?"

엄마는 내가 격하게 호응해 주기를 기다렸다. 그러나 나는 입이 떨어지지 않았다. 엄마가 노린 건 개들이 지낼 만한 넓은 공터였다. 담벼락에 붙은 플라스틱 지붕은 조악하긴 했지만 비를 막기에는 충분해 보였다. 버스 회사가 떠난 지 오래였으니 누구도 엄마를 막을 수 없을 것 같았다.

"당분간 여기서 지내자."

엄마는 나와 주디의 얼굴을 번갈아 보며 말했다.

"여기서?"

"그래. 너 캠핑카 본 적 없어? 버스 개조해서 집으로 만드는 사람들 꽤 많아."

"이건 캠핑카가 아니야. 똥차라고!"

"뭐 어때. 이런 데서 사는 사람들, 어느 방송 프로그램에서 봤어."

엄마는 얼굴색 하나 변하지 않고 대답했다. 저렇게나 긍정적인 사고방식을 가진 사람은 정말 흔치 않다. 내 엄마지만 정말 할 말이 없다.

"어찌 됐든 그게 흔한 일은 아니잖아. 더구나 여긴 집처럼 개조도 되어 있지 않아. 화장실도 없다고."

나는 어이가 없어 엄마에게 따지듯 물었다.

"텔레비전은 안 본다고 죽진 않으니까 없어도 되겠고, 화장실은 저 앞 은행 건물 1층에 있겠네. 음, 물은 은행 안에 정수기 있잖아."

"와……. 이건 뭐, 다 계획이 있었네."

"엄마, 화장실 때문에 저 멀리까지 가야 하는 건 싫어."

주디가 얼굴을 잔뜩 찌푸리면서 말했다.

"얘들아, 지금은 비상 상황이야. 어쩔 수 없어. 엄마도 이 상황이 마음에 드는 건 아니지만 도리가 없잖아. 이주노, 다른 방법이 있으면 말해봐."

엄마는 대뜸 내가 한 번도 생각해 본 적이 없는 일에 대해 물었다. 언제나 답을 쉽게 내놓을 수 없는 문제를 풀라고 내게 요구했다. 나를 아들이라기보다 남동생이나 남편쯤으로 여기는 것 같았다. 그렇지만 나는 엄마의 철부지 아들일 뿐이다. 그때 밖에 묶어놓은 개들이 컹컹거리며 요란하게 짖어댔다.

잠시 대화가 끊겼다. 엄마는 매번 일을 저지르고 나서 내가 뒷수습을 해주기를 바랐다. 잠시 동안 지금 이 상황이 진짜 캠프라면 어떨까 하는 상상을 했다.

"나더러 어쩌라고?

나는 엄마가 원하는 대답 대신 버럭 화를 냈다.

"너도 대책 없긴 마찬가지잖아. 이주노, 내 말을 구겨진 휴지처럼 아는데 기분이 영 좋지 않네. 그러니까 군말 말고 내가 시키는 대로 해."

유기견을 집으로 데려온 뒤로 엄마는 언제나 개들과 함께 살기를 원했다. 무슨 이유에서인지 모르겠지만 개들에게 집착했고 눈에 띄지 않으면 굉장히 불안해했다. 엄마 말로는 아빠가 없는 집에 개라도 있어서 든든하다며 개들을 무슨 수호천사로 여기는 듯했다.

그러나 나는 개들과 보낸 지난 이 년이 끔찍했다. 개 때문에 이웃과 분란만 늘었고 생활은 더 궁핍해졌다. 개들은 우리를 지켜주지 못했다. 거꾸로 우리가 개들을 지켜야 했다. 심지어 그 번거로운 일이 생계까지 위협했다.

버스 안을 대충 치우고 난 후 엄마는 내게 빈 페트병을 건넸다.

"은행에 가서 물 좀 받아 와."

"뭐? 은행에서 물을 받아 오라고?"

나는 어처구니가 없어 피식 웃어버렸다.

"그래. 근데 그 똥 싼 듯한 표정은 뭐냐?"

엄마는 또 말꼬리를 잡았다.

"난 못 해."

"네가 못 하면? 주디만 보내?"

엄마의 가시 돋친 말에 나는 잠자코 그냥 서 있었다. 딱 2초 정도 지났을까. 페트병이 잔뜩 담긴 비닐봉지를 나도 모르게 덜컥 받아 들고 말았다.

"페트병 들고 가면 경비 아저씨가 잡을지도 모른다고!"

나는 봉지를 바닥에 내려놓으면서 볼멘소리로 대꾸했다.

"그럼 엄마가 들고 가리? 경비한테 걸려도 어린 너희가 낫지 않겠어?"

엄마 목소리는 조금 전보다 힘차고 더 의기양양해졌다.

"싫어! 그냥 사 먹자. 쪽팔리게……."

이번에는 주디가 툴툴댔다.

"차라리 그 돈으로 쌀을 사지. 미쳤어? 물까지 사 먹게. 이모한테 생활비까지 받아 쓰는 처지에……."

"이거 지금 엄마가 딸한테 물 훔쳐 오라고 시키는 거잖아."

주디가 지지 않고 대들었다.

"주디, 너 지금 엄마한테 반항하는 거야?"

나는 어이가 없어 엄마를 뚫어지게 쳐다봤다.

"까딱 잘못하면 우리 둘 다 도둑이 되는 건데, 엄마는 지금 이게 반항으로 보여?"

나는 또다시 목소리에 각을 세우고 엄마에게 덤볐다.

"이 바보야! 은행 정수기 물은 누구나 먹을 수 있어."

"그래도 손님들 먹으라는 거지, 우리 먹으라고 있는 건 아니잖아."

"너 쪽팔린 게 낫니, 목말라 죽는 게 낫니? 선택해."

"아오! 엄마 때문에 돌겠다, 진짜!"

엄마는 내 짜증에도 불구하고 다시 페트병이 담긴 검은 비닐봉지를 들이밀었다. 이럴 때 보면 엄마는 꼭 테러조직 수장 같았다. 막무가내로 밀어붙이는 데에는 선수였다.

휴대용 가스레인지 위에 노란 양은냄비를 얹었다. 은행에서 가져온 물을 붓고 끓였다. 저녁은 라면이었다. 가스가 다 떨어졌는지 불이 가물거리며 물 끓는 속도가 더뎠다. 면을 넣었지만 불이 약해 쉽게 끓지 않았다.

주디가 배고프다고 재촉하자 엄마는 채 익지도 않은 라면을 바닥에 내려놓았다. 나는 좋아하는 라면을 보면서도 그다지 식욕이 당기지 않았다. 오늘이 내 생일이라는 게 영 개운치 않았다.

"엄마, 오늘 무슨 날인지 알아?"

결국 쓸데없는 말을 내뱉고 말았다.

"아, 내 새끼 생일도 모를까 봐 그러냐? 아니면 생일인데 라면 줘서 화난 거야?"

"그냥……. 아는지 물어본 거야."

"우리 아들 귀빠진 날인 건 맞지만, 난 도통 이해가 안 돼.

고생은 내가 했는데 왜 네가 축하받는 거지? 생고생하고 아들 낳은 엄마도 축하받으면 안 될까?"

"누가 축하해 달래? 난 애초에 태어난 게 잘못이라고 생각하거든?"

"그래, 둘 다 불만이니 그냥 쌤쌤하자. 내년엔 꼭 미역국 끓여서 너도 먹고 나도 먹자. 해피 버스데이 투 유."

엄마는 젓가락으로 라면을 집어 들고 내 젓가락에 쨍 부딪치며 "해피 버스데이 투 유"를 흥얼거렸다.

아빠가 떠난 뒤로 가족끼리 생일 축하를 주고받는 일도 없어졌다. 가끔 서운한 생각이 들어 이런 식으로 내가 먼저 엄마에게 생일을 알렸다. 나는 입맛이 없어서 라면을 몇 젓가락 뜨다가 말았지만 주디와 엄마는 국물까지 싹싹 둘러 마시며 허기를 때웠다.

저녁을 먹은 후 엄마는 가방에서 아빠 사진을 꺼내 마른 수건으로 반질반질 닦고서 운전석 선반에 올려두었다. 5학년 운동회 때 찍은 사진이었다. 아빠가 내 옆에서 환하게 웃고 있었는데 덧니가 유난히 도드라져 보였다. 나는 아빠를 닮지 않은 게 천만다행이라고 생각했다. 주디는 덧니까지 그대로 닮아 엄마가 붕어빵 부녀라고 놀려댔었다.

나는 아빠 사진을 보는 걸 좋아하지 않는다. 뭔가를 떠올린다는 건 그다지 유쾌한 일이 아니다. 때로는 지난 기억 때문에 힘이 들어 의욕을 잃을 때가 많았다.

엄마는 살림살이를 정리한다면서 옷가지와 주방용품을 바닥에 쏟았다.

“이것 봐. 아이디어 좋지?”

엄마는 칠이 벗겨진 노란색 버스 손잡이에 옷걸이를 걸어두며 말했다. 내 교복과 파란 추리닝, 주디의 카디건도 함께 걸어두었다.

저녁 여덟 시가 넘어서자 밖은 온통 깜깜했다. 엄마는 손전등으로 버스 안을 비추었다. 공터에는 불빛 하나 없이 어둠이 짙게 깔렸다. 은행도 불이 꺼져 어둠 속에 파묻혔다. 가로등이 없는 탓인지 공터는 으슥하기까지 했다. 내일부터 버스에서 학교로 통학할 생각을 하니 마음이 착 가라앉았다. 엄마가 앞자리에 앉은뱅이 밥상을 놓았다.

“향초 올려뒀으니까 이건 너희 책상으로 써. 대단히 밝진 않아도 공부하는 데는 어려움 없을 거야. 향초를 두니까 굉장히 운치 있네. 꼭 캠핑카에 온 것 같지 않니?”

“이런 고물 캠핑카가 세상에 어디 있어?”

주디는 엄마 말에 수긍할 수 없다는 표정이었다. 옆에서 뭐라 하든 엄마는 향초만 지그시 바라보았다. 그러면서 이 낡은 똥차를 캠핑카라는 낭만적인 단어로 포장했다. 그런다고 속아 넘어갈 우리가 아니었다. 이런 데서 살겠다니. 〈세상에 이런 일이〉에 나올 법한 일이었다.

짐을 풀어두자 버스 안은 그야말로 초소형 가정집 행색이었다. 어느 틈에 사다 놓았는지 햇반, 고추장, 라면 등 먹거리가 출입문 쪽에 자리를 잡고 있었다.

거리로 내몰린 사람들이 추위를 못 이겨 지하철역이나 공원 화장실에서 산다는 이야기는 들었어도 유기견들과 함께 버려진 버스에서 산다는 이야기는 들어본 적이 없었다. 유기견을 위해 사람이 희생해야 한다고 주장하는 엄마 같은 위인은 웬만한 사람들에게 동정조차 받을 수 없을 것 같았다.

"언제까지 여기 있을 거야?"

나는 가방에 책을 넣으며 엄마에게 퉁명스럽게 물었다.

"언제까지라는 건 없어. 개들이랑 함께 살 집이 생길 때까지지."

"엄마는 정말 개들하고 같이 살 집이 있다고 생각해?"

"왜 그렇게 비관적이야?"

"우릴 받아줄 집주인이 세상에 어디 있냐고! 이모도 우릴 거부했는데……."

"이모 얘긴 꺼내지도 마. 걔는 어릴 적부터 동물 싫어했어. 냄새난다고 말이야. 지는 뭐 깨끗한 줄 아나 봐. 같이 뒹굴다 보면 개 냄새나 사람 냄새나 다 거기서 거긴데."

"엄마, 버스에 잠깐만 사는 거라고 했잖아."

주디가 울상을 지으면 짜증 섞인 말투로 말했다.

“진짜 너희 끝까지 이럴래? 엄마가 고민도 안 한 줄 알아? 이게 최선이라고. 그러니까 제발 징징대지 마.”

엄마는 우리에게 침묵을 강요했다.

의사는 개들이 엄마의 우울증을 악화시키진 않을 것이라고 했다. 하지만 그건 착각이었다. 엄마는 나아졌을지 몰라도 나와 주디는 개 때문에 미쳐버릴 지경이었다. 만약 그 의사에게 나와 주디가 진료를 받는다면 이번에는 고양이를 키워보라고 할지도 모르겠다. 정말 그렇게 말한다면 입에 자갈을 가득 넣어버리고 말 테다.

바닥에 매트를 깔고 나란히 누웠다. 그런대로 누워 있을 만했다. 4월이라는 사실이 감사할 뿐이었다.

“하늘이 보이네!”

주디가 말했다.

“어디?”

“저기, 저기.”

주디가 가리킨 건 버스 천장 위로 뚫린 작은 통풍구였다. 작은 틈으로 손수건만 한 하늘이 희미하게 보였다. 버스 안에서 조각 하늘을 본 건 처음이었다. 주디는 두 눈을 말똥거리며 신기해하고 있었다.

“별도 보여!”

"주변에 빛이 없으니까 별이 보이는 거야."

"오빠, 버스에서 자는 거 신기해."

주디가 눈을 내리깔며 나지막이 말했다.

"그런 기분도 오늘이면 끝이야. 앞으로 스물네 시간 중에 열다섯 시간을 이 좁은 버스에서 지낸다고 생각해 봐. 끔찍해 정말."

"그래도 깡패 아저씨들이 여기까지 찾아오진 않겠지?"

주디가 말하는 깡패 아저씨들이란 엄마의 사채를 독촉하는 사람들이었다. 그들은 험악한 얼굴로 밤마다 집 앞에 찾아와서 행패를 부렸는데 자정이 되면 어김없이 현관문 앞에 병이나 돌을 마구 던져댔다. 그럴 때면 개들은 미친 듯이 짖었고 우리는 방에서 이불을 뒤집어쓴 채 귀를 막았다.

엄마가 빌린 돈은 그리 큰 금액이 아니었다. 실직 후 생활비와 병원비 때문에 빌려 쓴 돈이 몇 달 사이에 이자까지 밀려 눈덩이처럼 커지고 말았다. 계속되는 독촉으로 엄마는 낮에도 주변을 두리번거리며 살피는 습관이 생겼다. 그럴 때마다 나까지 죄를 지은 것 같아 마음이 불편했다.

"응, 걱정하지 마. 우리가 여기 있는지도 모를 거야. 이런 데에서 사는 사람은 드물거든. 버스라서 주소가 없기도 하고."

"정말 그럴까?"

주디는 미덥지 못하다는 표정으로 다시 물었다.

"너 오빠 말 못 믿어?"

내 목소리에 힘이 들어가자 주디는 앙다문 입술을 풀었다.

"크으으으……. 크으으으……."

갑자기 코 고는 소리가 요란하게 울렸다. 엄마는 이사 때문에 지쳤는지 벌써 곯아떨어졌다. 코 고는 소리가 좁은 버스를 가득 채웠다. 엄마는 원래부터 버스에서 살았던 사람처럼 깊은 단잠에 빠졌다.

"오빠, 개들은 이제 어떡하지?"

주디가 속닥거렸다.

"유기견 보호소로 보내는 게 제일 좋지만 엄마가 가만있지 않을걸."

"개들만 없으면 분명히 집 구할 텐데. 그렇지, 오빠?"

"당연하지. 개들하고 같이 지내는 한 우린 집 못 구해."

"버스에서 사는 거 애들이 알면 끝장이야. 학교에 거지라고 소문날 거라고."

주디가 눈썹 사이에 주름을 만들면서 말했다.

"걱정하지 마. 진짜 거지는 아니니까. 이게 다 저 개새끼들 때문에 생긴 일이라고!"

"맞아, 저 개새끼들."

주디가 혀 짧은 소리로 내 말을 따라 했다.

"그래도 개들이 좀 불쌍해. 우리가 부자라면 엄마 말대로 가족처럼 다 데리고 살 텐데."

"일단 개들이 살 곳을 먼저 알아보자."

무슨 수를 써서라도 개들을 내쫓아야 했다.

"어디서?"

"입양 보내는 거야."

"우리가 직접? 어떻게?"

"그건…… 이제 생각해 봐야지."

주디는 입양이라는 말이 생소했는지 입을 다물었다. 개들을 입양 보낸다는 생각은 한 번도 해본 적이 없었다. 말이 입양이지 어딘가 떠맡길 곳을 찾아야 했다. 집도 없는 형편에 개들까지 거둘 이유가 전혀 없었다. 개들이 없다고 해서 엄마의 우울증이 더 나빠질 것 같지도 않았다.

천장에서 투두둑거리는 소리가 났다. 빗소리였다. 통풍구 사이로 조금씩 빗방울이 새어 들어 한두 방울씩 툭툭 떨어졌다. 창밖을 내다보니 검은 구름이 하늘을 뒤덮었다. 조금 전까지 희미하게 보이던 별도 사라졌다.

어두운 하늘에서 뭔가 툭 튀어나올 것 같은 분위기였다. 공터의 어둠이 버스를 집어삼킬 것 같이 적막했다. 사람이 살지 않은 곳에 우리 가족만 외따로 떨어져 있는 것 같았다. 괜스레 가슴이 울렁거려 옆에 놓인 낡은 베개를 꽉 끌어안았다.

"주디야, 비 온다."

작은 소리로 중얼거렸다. 주디는 그새 잠들었는지 말이 없었다. 버스에서의 첫날인데 벌써부터 두렵고 짜증이 났다. 세상으로부터 버려진 느낌이었다. 언제까지 이런 생활을 해야 할지 모른다고 생각하니 더없이 우울했다. 나의 열다섯 번째 생일이 이렇게 끝나가고 있었다.

투두둑, 투두둑, 툭.

빗소리가 악기 소리처럼 더 자주, 규칙적으로 들려왔다. 저놈의 빗소리 때문에 마음이 더 심란했다. 가만히 눈을 감고 있으니 어느새 소리가 아득하게 귀에서 멀어져 갔다.

학교라는 별

눈을 떠보니 낡은 버스가 황금 버스로 변해 있었다. 떠돌이 개는 한 마리도 없는 쾌적한 버스였다. 운전석에서는 아빠가 환하게 웃고 있었다. 옆자리로 다가가 앉자 아빠는 예전처럼 직접 내 안전벨트를 매어주었다. 오래전 아빠와 함께했던 것처럼 황금 버스는 도로를 달렸다.

어릴 적 나는 아빠의 유조차에 올라타는 것을 좋아했다. 운전석 옆자리에 앉으면 산 정상에 올라온 것처럼 아래가 훤히 잘 보였다. 도로 위를 달릴 때면 작은 차들이 유조차를 피해 길을 비켜주는 걸 보면서 우쭐하기도 했다. 아빠의 유조차는 꼭 우주선 같았다. 아무나 탈 수 없는 특별한 차였다.

황금 버스는 빽빽한 숲을 지나 탁 트인 초원으로 달려갔다. 숲을 빠져나오자 놀랍게도 버스는 도로가 아닌 하늘 위를 달렸다. 창밖을 내려다보니 숲 사이에 버스 종점 같은 공터가 아주 작게 보였다. 창밖으로 고개를 내밀며 소리를 질렀다. 버스는 구름 사이를 지나 푸른 하늘 위로 높이높이 올라갔다. 하늘은 뻥 뚫린 고속도로 같았다.

우르릉 쾅! 갑자기 천둥 번개가 내리쳤고 바람이 심하게 불었다. 푸른 하늘이 어두운 먹구름에 휩싸이더니 버스가 심하게 흔들렸다. 순식간에 버스 안이 캄캄해졌다.

"아, 아빠!"

컹컹컹, 개들이 소란스럽게 짖는 소리가 어슴푸레 들려왔다. 개 짖는 소리에 놀라 대번에 잠이 깼다. 꿈이었다. 눈을 떠 보니 노란 칠이 벗겨진 손잡이가 어둠 속에서 희미하게 보였다. 버스에서의 첫 꿈이었다. 낡은 버스가 황금 버스로 변했다는 게 신기했다. 진짜처럼 생생해서 오히려 지금 낡은 버스에 누워 있다는 게 믿어지지 않았다.

엄마와 주디는 아직도 잠에 취해 있었다. 둘 다 깊은 잠에 빠진 걸 보니 나만의 꿈이 맞는 것 같았다. 새우도 버스 출입문 쪽에서 다리를 쭉 뻗고 편안한 자세로 자고 있었다. 숨소리가 조금 거칠었지만 깨어날 것 같지는 않았다. 나는 조심스럽게 일어나서 버스 밖으로 나왔다. 날은 아직 어두웠다.

조회 시간에 담임이 반장에게 종이 뭉치를 주더니 각자 이름과 주소를 확인하고 옆에 있는 빈칸에 사인하라고 했다. 종이에는 집 주소는 물론이고 부모님 이름과 직업까지 훤히 적혀 있었다.

종이 뭉치는 차근차근 돌고 돌아 내 차례까지 왔다. 반 아이들의 신상이 그대로 적혀 있는 걸 공개적으로 돌리다니 담임은 정말 배려가 눈곱만큼도 없었다. 내 주소는 여전히 예전에 잠깐 살았던 동네로 되어 있었다. 그러나 고칠 수 없었다. 지금은 빌라 반지하도 내가 사는 집이 아니었고 공터에 있는 버스는 주소조차 없었다.

내 이름이 적힌 줄만 아버지 이름이 공란이었다. 내가 한부모가정이라는 걸 누구나 다 알 수 있었다. 아빠가 없는 사람은 어쩌라는 건지. 더구나 부모님 직장 전화번호를 적는 칸도 텅 비어 있었다. 엄마는 우울증 환자에 일도 쉬고 있는데 뭘 적으라는 건지 모르겠다. 이렇게 남의 자존심을 박박 긁어야 속이 시원한 걸까.

담임은 아침마다 책을 읽게 했는데 때로는 독후감을 쓰게 했다. 오늘이 바로 독후감을 쓰는 날이었다. 종이 뭉치를 옆으로 넘기고 가방을 부리나케 열었다. 그 안에는 독서할 책도 독서 기록장도 없었다.

이사 탓이었다. 무심한 엄마가 내 책을 몽땅 이삿짐센터로 보낸 게 분명했다. 어제 짐을 정리하면서 책도 독서 기록장도 본 기억이 없었다.

담임은 지각은 용서해도 독후감을 쓰지 않은 건 결코 그냥 넘어가지 않았다. 사춘기의 방황을 독서로 극복할 수 있었다고 아침마다 귀에 닳도록 말했다.

책상 위에 책 대신 수학 교과서를 펴놓았다. 운이 좋다면 오늘은 독서 기록장 검사를 안 할 수도 있었다. 아주 가끔 그냥 건너뛸 때가 있는데 마음속으로 오늘이 제발 그날이길 빌었다.

담임이 느릿느릿 내게로 다가왔다. 그 모습이 꼭 저승사자처럼 보였다.

"이주노, 너 청소 당번 아니야?"

버스로 이사했다는 충격 탓인지 청소 당번이라는 사실조차 까맣게 잊고 있었다. 담임은 이미 상황을 다 안다는 듯한 표정이었다.

"이 시간에 수학 교과서는 뭐고? 독서 기록장은? 이주노! 지금 무슨 시간인지 까먹었냐?"

할 말이 없어 입을 꾹 다물었다.

"독서 기록장 꺼내봐."

"없는데요……."

나는 모기만 한 소리로 말했다.

"이 녀석 봐라. 정신을 어디다 팔고 다녀! 아침 청소도 모자라서 독후감까지 빼먹어? 너 치매냐? 엉!"

차라리 치매라면 좋겠다. 어제 일도 말끔히 잊을 테니까. "어제 버스로 이사 갔다고 하면 믿으시겠어요?" 하고 외치고 싶었다. 거지 같은 상황을 도저히 내 입으로 설명할 수 없어서 그냥 입을 꾹 다물었다.

담임은 내가 변명조차 하지 않자 단단히 화가 났는지 얼굴이 일그러졌다.

"이 자식 봐라? 뭐라고 변명이라도 해봐!"

이런저런 말들이 목구멍에서 스프링처럼 튀어나올 것만 같았다. 반 아이들이 모두 내 입만 바라봤다.

"건방지게 입까지 다물겠다고? 넌 벌점 2점 추가야. 오늘 지각 1점에 도합 25점이다. 30점이면 부모님 모셔 오는 거 알지? 한 달 동안 인성교육도 있다."

벌점이 이자처럼 불어나고 있었다. 이러다 생활기록부에도 기록이 남을 지경이었다. 내 벌점에는 각각의 사연이 구질구질하게 매달려 있었지만 담임에게는 죄다 통하지 않는 이유들뿐이었다.

생활기록부에 좋지 않은 평이 적히는 건 두렵지 않았다. 단지 엄마를 학교까지 데려오는 것과 길고 긴 인성교육이 너무 번거롭고 귀찮을 뿐이었다. 차라리 체벌을 준다면 얼마든지 맞아줄 수 있을 텐데.

아이들이 점심을 먹으러 간 사이, 나는 이사의 피로감으로 책상 위에 엎드려 눈을 감았다. 조용한 교실에서 금세 스르르 잠에 빠졌다.

잠시 후 뭔가 인기척이 느껴졌다. 아이들이 하나둘 교실로 들어오는 소리가 들렸다. 그런데 심상치 않은 발소리가 점점 내 자리로 다가오고 있었다. 일어나야 한다는 건 알았지만 눈이 쉽게 떠지지 않았다. '욕이나 한 방 갈기고 지나가겠지'라고 생각하며 계속 엎드려 있었다.

"야, 이 새끼 처잔다."

"밤에 뭐 하고 이 시간에 잔담?"

"야동이나 봤겠지."

한 놈이 내 머리를 톡톡 쳤다. 나는 일부러 꼼짝도 하지 않았다.

"이 새끼 진짜 자네?"

이번에는 두세 놈이 툭툭 건드렸다. 역시나 미동도 하지 않았다. 그 순간 여러 명이 내게 달려들었다.

"인디언 밥!"

"밥! 밥! 밥!"

놈들이 나를 북처럼 마구 두들겨댔다. 머리부터 등까지 온몸에 불이 나는 것 같았지만 잠자코 엎드려 있었다.

"어제 밤 새웠나 본데? 좀 더 세게 깨워보자!"

이번에는 머리만 집중적으로 두드렸다. 눈물이 날 정도로 아팠지만 고개를 들지 않고 여전히 자는 척했다. 일어나 봤자 놈들은 시치미를 뗄 게 분명했다.

"뭐 어쩌라고? 내가 안 그랬는데? 내가 그랬다는 거 본 사람 있냐?"

강효재가 이렇게 말하면 더는 따지고 들 수가 없었다.

지난달에는 도저히 참을 수 없어 학교 상담실에 찾아간 적이 있었다. 강효재 패거리가 자꾸 괴롭힌다고 털어놓자 상담 선생님은 새 학년, 새 학기라서 친해지려고 장난치는 게 아니냐는 엉뚱한 답을 내놓았다.

그 말을 듣고 어이가 없어서 그런 게 아니라 고의로 괴롭히는 거라고 대꾸했다. 그러나 선생님은 증거나 증인이 있어야 학폭위를 열 수 있다며 다음에 다시 오라는 말로 상담을 짧게 끝냈다.

수업이 끝난 후 주짓수 체육관으로 달려갔다. 안으로 들어서자 관장님이 기다리고 있었다.

"어, 주노 왔냐? 자, 이거."

"이것만 돌리면 돼요?"

"응, 지난주에 많이 돌렸으니까 오늘은 그 정도만 해."

엄마 몰래 전단지 아르바이트를 한 지도 몇 주나 됐다. 원래 편의점 아르바이트를 하고 싶었는데 중학생은 부모님 동의서가 필요하다고 해서 깔끔하게 포기했다. 괜히 엄마 앞에서 아르바이트 이야기를 꺼냈다가는 좋지 않은 소리를 들을 게 뻔했다.

부모님 허락 없이 할 수 있는 일을 찾다가 전단지 아르바이트를 알게 됐다. 때마침 학교 근처 주짓수 체육관에서 전단지 돌릴 사람을 찾는다는 게시글을 보고 단숨에 달려갔다. 그 이후로 종종 관장님이 부르면 체육관으로 가서 전단지를 잔뜩 받아 왔다. 쉬운 일인 만큼 받는 돈이 적었지만 가끔 간식을 사 먹을 정도는 됐다.

"근데 너, 오늘따라 얼굴이 왜 그러냐? 완전 죽상이구만. 뭐 걱정이라도 있어?"

"아, 아니에요. 신경 쓰지 마세요."

"대답이 시원찮은데. 학교에서 누가 괴롭히는 거 아냐?"

"됐다고요. 전단지나 돌리고 올게요."

"이 자식, 성질하고는. 제대로 돌려. 저번처럼 두 개씩 붙이다 걸리면 죽는다."

얼른 전단지를 챙겨 나가려는데 관장님 나를 불러 세웠다.

"주노야, 당하고 살지 마라. 누가 괴롭히거든 단번에 해치우라고. 치고받고 싸우는 것보다 꼼짝도 못 하게 제압하는 게 진정으로 이기는 거다. 관심 있거든 체육관에 한번 나와라. 내 특별히 몇 가지 기술은 그냥 알려줄 테니."

나는 관장님 말에 대꾸도 하지 않고 체육관을 나섰다.

양손 가득 쥔 전단지를 내려다보니 조금 전에 들은 말과 비슷한 문장이 적혀 있었다.

상대를 제압하는 게 진정으로 이기는 것이다!

엄마는 개 수집가

"주노야, 담배 못 봤니? 분명히 여기에 둔 것 같은데……."

"내가 담배 지킴이야? 몰라."

엄마는 가방에 이어 이불과 베개까지 뒤적이며 구석구석 살피다가 갑자기 날 쳐다보며 씨익 웃었다.

"진짜 못 봤어? 너, 혹시……."

"그 눈빛 뭐야? 내가 피우기라도 했을까 봐?"

"진짜 아니지?"

"모른다니까!"

어처구니없는 추측에 나는 버럭 신경질을 냈다.

"왜 소리를 지르고 그래? 버릇없이."

"아들한테 담배 타령하니까 그렇지! 담배 좀 끊어!"

"가슴이 답답해서 그래. 담배라도 피워야 살 것 같다고."

"다른 취미도 있잖아. 건강에 나쁜 걸 굳이 해야 해? 밖에 나가서 산책이라도 해."

"재미없어. 기운도 없고. 게다가 이 꼴로 나가면 다들 비웃는다고."

엄마는 축 처진 목소리로 대답했다. 담배 찾는 걸 포기하지 않았는지 쌓아둔 짐 보따리 사이사이에 손을 넣어 헤집었다.

"찾았다!"

처박아 둔 담배를 드디어 찾았는지 환호성이 울렸다. 엄마는 눈을 가느다랗게 뜨고 담배에 불을 붙였다. 라이터가 화르르 타오르자 담배에 빨간 불꽃이 맺혔다.

"그래도 우울할 때 이만한 게 없어."

엄마는 담배를 한 모금 빨아댄 후에야 편안한 얼굴이 됐다. 희뿌연 연기가 훅 하고 좁은 버스 안으로 퍼졌다.

"주노야, 엄마 도너츠 잘 만들지? 다른 묘기도 한번 볼래?"

"에이, 씨. 담배 연기가 얼마나 나쁜데 아들한테 뿜어대! 나가서 피우라고!"

"담배 연기보다 나쁜 게 우울증이야. 알아?"

"그럼 흡연실 만들어서 엄마 혼자 피우든가 해! 여긴 금연 구역이야."

"엄마, 우울증에 갱년기까지 온 거 잘 알잖아. 네가 이해해야지."

"아니, 그렇게나 상태가 안 좋은데 담배처럼 나쁜 걸 왜 피우는 거야?"

"너, 진짜 알고 싶어? 엄마가 담배를 피우는 진짜 이유는, 외로워서야."

담배 때문인지 목소리가 갈라져서 쇳소리처럼 들렸다.

"그럼 담배 피우면 외로움이 없어져?"

"이주노, 알려고 하지 마. 다쳐!"

엄마는 씩 웃으며 말했다.

"약은 먹었어?"

"아니, 약 먹으면 기분이 좋아져야 하는데 그렇지가 않아. 그래서 그냥 버렸어."

"언제는 약 없으면 못 살겠다며! 엄마는 암만 봐도 우울증이 아니야. 그러니까 나한테 우울증이니 뭐니 협박하지 마."

엄마는 내 금연 요구는 들은 척도 안 하고 연신 담배를 피워댔다. 도넛 모양의 담배 연기가 두둥실 버스 구석구석을 떠다녔다. 냄새가 조금이라도 덜 밸까 싶어 입고 있던 교복을 벗어 운전석 쪽에 있는 손잡이에 걸었다.

엄마는 원래 상냥하고 웃음이 많은 사람이었다. 그런데 아빠의 죽음 이후 웃음이 사라졌다. 때로는 불같이 화를 내다가 울음을 터뜨리기도 했다. 엄마가 담배를 입에 댄 것도 아빠의 죽음과 무관해 보이지 않았다.

아빠는 그날도 새벽같이 유조차를 몰았다. 제법 굵은 눈발이 날리던 날이었다. 너무 이른 새벽이라 아빠가 내 방에 들어온 것을 알고도 눈을 뜨지 못했다. 단지 어두컴컴한 방 안에서 아빠의 청색 점퍼에서 나는 기름 냄새를 맡았을 뿐이었다. 그 냄새의 기억은 쉽게 지워지지 않았다.

아빠는 유조차 저장고에서 기름을 받아 전국으로 배송하는 일을 했다. 그날 아빠는 강원도에 있는 주유소로 배송하다가 사고가 났다. 경찰서에서 연락이 온 건 그날 오후쯤이었다. 유조차가 커브길에서 미끄러지는 바람에 전복되었다고 했다. 아빠는 가까운 병원으로 후송되었고 우리 가족은 급히 병원으로 달려갔다.

병원에 도착한 후 중환자실로 갔다. 의사가 엄마만 들여보내 주고 나와 주디는 대기실에서 기다리게 했다. 엄마가 중환자실에 들어간 지 한 시간쯤 됐을까. 엄마는 눈이 퉁퉁 부어 발갛게 달아오른 채로 중환자실에서 나왔다.

"얘들아! 아빠가…… 아빠가……. 흐흑…… ."

엄마는 나와 주디를 부둥켜안고 말을 잇지 못했다. 그때 엄마가 눈물을 흘리는 모습이 내게는 굉장히 충격이었다. 이제

껏 본 엄마의 모습 중 가장 절망적인 얼굴이었기 때문이다.

장례를 치르는 동안 진눈깨비가 유난히 많이 흩날렸다. 나는 분향소에 향을 올리고 상주로서 조문객을 맞았다. 그때까지만 해도 아빠가 죽었다는 사실이 믿기지 않았다.

화장터에 도착해서야 아빠에게 마지막 인사를 했다. 크게 할 이야기가 없었지만 이모가 옆에서 재촉했다. 나는 그제야 관을 어루만지며 짧게 인사했다.

"아빠…… 잘 가."

정말 간단한 한마디였다. 다른 말은 떠오르지 않았다. 주디는 너무 어려서 그런 말조차 하지 못했다. 잠시 후 관이 가마로 옮겨 가자 엄마는 관을 붙잡고 오열했다.

그날 이후 엄마는 작은 일에도 화를 내기 시작했으며 입가에 미소도 점점 사라졌다. 일을 그만둔 후 종일 잠만 자거나 담배를 태우며 하루를 보냈다. 그렇게 무기력하기만 했던 엄마를 움직이게 한 건 바로 개들이었다.

엄마가 맨 처음 데려온 개는 잿빛 몰티즈였다. 입 주변의 털은 엉켜 있었고 몸은 온통 먼지투성이였다. 유기견이 된 지 오래되어 원래 털색을 잃어버린 것 같았다.

엄마가 개를 발견한 건 골목길에서였다. 벌벌 떨며 얼어붙은 쓰레기를 뒤적이는 모습을 보고 주디에게 주려고 샀던 새우깡을 꺼냈다. 과자를 던져주자 개는 줄레줄레 엄마를 따라 빌라 앞까지 왔다. 엄마는 새우깡 때문에 따라온 개를 결국 집 안까지 끌어들였다.

잿빛 개를 보자마자 주디는 못마땅하다는 표정을 지었다.

"이 개 뭐야? 너무 더러워."

"겨우내 밖으로 돌아서 그래. 목욕시키면 깨끗해져."

"꼴이 이게 뭐야! 눈곱이 말라붙어서 눈도 제대로 못 뜨잖아. 으, 털이 제대로 엉켜 있어서 빗을 수도 없겠다고!"

"걱정하지 마. 씻긴 다음에 엉킨 털을 좀 잘라내면 제법 꼴이 날 거야."

나 또한 개를 보고 버럭 성질을 냈는데 엄마는 씻기면 괜찮다는 말만 반복했다.

"이주노, 도끼눈 그만하고 목욕이나 도와. 의사 선생님이 개 키우는 게 우울증에 좋다고 했지?"

"언제부터 엄마가 의사 말 들었어?"

"너, 꼬박꼬박 엄마한테 말대꾸할래?"

엄마는 개를 화장실로 밀어 넣었다.

"어휴, 얼마나 싸다녔으면 이렇게 더께가 졌을까. 불쌍하기도 하지."

엄마는 샤워기를 들고 잿빛 개에게 마구 물을 뿌려댔다. 개는 물이 싫은지 자꾸 뒷걸음치며 바동거렸다. 엄마는 개를 화장실 구석으로 몰아놓고는 엉켜 있는 털에 비누칠하고 씻어내느라 애를 먹었다. 내내 무기력했던 손길이라 능숙하진 않았지만 게으른 엄마가 개를 씻긴다는 게 신기했다.

험악하던 개 몰골이 목욕 후에 한결 깨끗해졌다. 눈 밑에 엉겨 붙은 눈물 자국도 어느새 사라졌다. 엄마는 드라이기로 털을 말렸다. 얼추 말린 다음에는 가위를 들고 엉킨 털들을 듬성듬성 잘라냈다.

"어때? 이제 반려견 꼴이 좀 나지? 에구구, 이 녀석 어찌나 날 따르던지."

엄마는 말끔해진 개를 보며 환하게 웃었다. 엄마가 해맑게 웃는 모습을 오랜만에 본 것 같았다.

"그건 착각이라고. 엄마 때문이 아니라 새우깡이 먹고 싶어서 따라온 거라니까."

"그런 건 하나도 중요하지 않네요. 보자, 우리 강아지 이제 이름을 지어야지. 뭐라고 부를까? 그래, 새우깡 때문에 따라왔으니까 오늘부터 넌 새우다."

엄마는 큰 고민 없이 개 이름을 새우라고 지었다.

"개 이름이 새우가 뭐야?"

주디가 엄마에게 되물었다.

"아무렴 어때. 근데 이 녀석 왜 집 나와 고생일까? 너 쫓겨났니? 아니면 가출했니? 이렇게 예쁜 새우를 잃어버린 주인은 얼마나 애가 탈까."

"엄마, 딱 봐도 주인이 버린 거잖아. 척 보면 몰라?"

"시끄러워 이놈아. 얘가 들을라. 근데 네가 그런 걸 어떻게 알아?"

"개 눈을 보면 알 수 있지. 눈빛이 사람을 경계하잖아."

보이는 대로 솔직하게 말했지만 엄마는 내 말에 개의치 않는 듯했다.

"정말 주인이 버렸을까? 이렇게 예쁜 똥강아지를? 그냥 콰악 깨물어 주고 싶네."

엄마는 새우깡 때문에 집까지 졸졸 따라온 개 한 마리에 감동했다. 그런 모습이 내 눈에는 꼭 다섯 살 어린아이로 보였다. 그날 이후 새우는 우리 집 1호 유기견이 되었다.

처음에는 새우에게 다가가는 일이 쉽지 않았다. 더구나 새우는 반려견다운 면이 별로 없었다. 다른 개들처럼 털이 부드럽거나 외모가 예쁘지도 않았다. 그냥 똥개처럼 보였다. 밖에서 고생을 많이 한 탓인지 인상도 험상궂었고 사료를 줄 때 말고는 곁을 내주지 않는 붙임성 없는 개였다.

"엄마, 새우 너무 이상해. 보통 개들은 주인 앞에서 배를 보인다잖아. 근데 새우는 배는커녕 몸에 손도 못 대게 해."

"재도 사람처럼 낯을 가리는 거야. 주인한테 버림받은 적이 있으니 얼마나 무섭겠니? 미워만 하지 말고 먼저 조금씩 정을 좀 줘봐."

시간을 두고 조금씩 다가갔지만 새우는 여전히 두려움에 가득 찬 눈빛으로 몸을 잔뜩 웅크리고 있었다.

새우 몸에 이상이 있다는 걸 알게 된 것은 몇 주가 지나서였다. 새우는 움직임이 둔한 데다 유난히 쌕쌕거리는 소리를 자주 냈다. 추운 날씨에 거리를 돌아다녔던 탓인지 숨소리가 크고 거칠었다. 그 소리에 신경이 거슬렸다.

"진짜 싫다, 저놈의 소리."

나는 가쁜 숨소리를 들을 때마다 새우를 향해 욕을 날렸다.

엄마의 개 수집은 새우로 멈추지 않았다. 그 후에도 유기견을 하나둘 집으로 끌고 왔다.

"엄마, 우리 집이 무슨 동물의 왕국이라도 돼?"

"주노야, 이번 겨울만 참아. 엄동설한 지나면 어디든 보낼 테니까."

엄마는 매번 이런 식으로 얼버무리며 넘기곤 했다. 결국 얼마 못 가 우리 집은 개들로 가득 차게 되었다.

한 마리가 먼저 짖기 시작하면 나머지 개들이 떼를 지어 짖는 통에 점점 신경이 날카로워졌다. 개들이 하나둘 늘어가자 의욕이 앞섰던 엄마도 체력의 한계를 드러냈다. 그러다 보니 점점 개들을 관리하는 일에 소홀할 수밖에 없었다.

"엄마, 재들 목욕 좀 시켜!"

"개는 목욕 자주 안 해도 돼."

"엄마, 저기 털 쌓인 것 좀 보라고!"

"뭐 어때. 개가 있으면 당연히 털이 빠지는 거지."

엄마는 매번 이런 식으로 일을 피해갔다. 날이 갈수록 우리 집은 개집으로 변하고 있었다. 하루만 청소기를 돌리지 않아도 개털이 털실처럼 뭉쳐져서 집 안 구석구석에 뒹굴었다.

엄마는 집 안에 날리는 털을 보며 이렇게 말하기도 했다.

"주노야, 저 털 뭉치로 축구해도 되겠다. 그렇지?"

사실 개들을 데려온 후 엄마는 간간이 웃는 일이 많아졌다. 그런 엄마와는 정반대로 나는 속이 부글거렸다. 엄마를 대신해 뒤치다꺼리하다 보니 개들이 오히려 나를 따르기 시작했다. 어느새 새우마저도 내 옆에 찰싹 달라붙었다.

사람과 개의 경계가 점점 무너지면서 잠자리까지 개들이 침범했다. 특히 새우가 내 발밑에서 자는 게 거슬려서 몇 번이나 툭툭 쳐서 내쫓았지만 소용없었다.

"주노야! 똥 치워!"

엄마는 하루에도 몇 번씩 개똥을 치우는 일로 나를 불러댔다. 나는 똥을 치우기 위해 태어난 사람처럼 하루 종일 개똥을 찾아다녔다. 게다가 개밥 주는 일 또한 생각보다 시간을 많이 잡아먹었다.

이렇게 엉망진창이 되어가는 데도 엄마는 개들을 거리로 돌려보낼 생각을 하지 않았다. 게다가 어디서 주워 왔는지 줄이 몇 개 끊어진 기타를 어깨에 메고 종일 개들 사이에서 띵띵거렸다.

"그 고물 좀 갖다 버려!"

"줄 끊어진 기타는 기타 아니냐? 엄만 예전부터 기타가 갖고 싶었어. 기타 치면서 노래 부르는 거 보면 얼마나 부러웠는지 알아?"

엄마는 기타 줄을 튕기며 열심히 가수 흉내를 냈다. 개들을 모아놓고 작은 음악회를 한답시고 알 수 없는 음을 딩딩거리면서 촌스러운 옛 노래를 불러댔다. 그러다가 갑자기 노래에 취해 눈물을 질질 짜기도 했고, 급기야 기타를 부둥켜안고 흐느끼기도 했다. 나는 엄마의 종잡을 수 없는 감정 때문에 혼란스러웠다.

세상에 그냥 죽으라는 법은 없었다. 늘 사료가 부족해서 하루에 한 번 배식했는데 이런 사정을 누군가 엿보기라도 한 듯 반려동물 방송 프로그램에 우리 집의 사연이 소개됐다. 엄마는 개들과 함께 방송에 출연했고 그 이후 한 사료 회사의 지원을 받게 됐다.

방송을 계기로 엄마는 '유기견을 돌보는 천사 아줌마'로 거듭났다. 그러나 결과적으로 방송 출연은 우리 가족에게 오히려 독이 되고 말았다. 주변 사람들이 버려진 개들을 데려와 키워달라고 졸라댔다. 어떤 사람은 우리 집 현관 앞에 병든 개를 슬그머니 놓고 갔다. 보다 못한 내가 '개 사절'이라고 종이에 써서 붙이기도 했다.

그뿐 아니라 종일 짖어대는 개들 때문에 이웃들이 구청에 끊임없이 민원을 넣었다. 언젠가 현관문을 사납게 두드리는 사람이 있어 문을 열어보니 건너편에 사는 할아버지가 굳은 표정으로 서 있었다. 할아버지는 엄마를 보자마자 성난 목소리로 고함부터 질렀다. 아파트 경비원이라 밤새 경비를 서고 오는 날이면 낮에 눈을 붙여야 하는데 개들이 짖어대는 통에 잠을 못 잔다고 항의했다.

"여긴 불쌍한 유기견들이 모여 사는 집이에요. 이것 좀 보세요."

엄마는 방송작가가 찍어준 기념사진을 할아버지의 코앞에 들이밀었다.

"이거 홀딱 깨는 아짐씨네. 내가 지금 아짐씨 개새끼들 보러 왔는지 아쇼?"

"아저씨가 이러시면 시청자들이 가만있지 않을걸요?"

할아버지는 기가 차다는 듯 엄마를 노려보며 말했다.

"개가 고로코롬 사람보다 더 중하면 이사를 가시오. 이런 동네는 개 키우기에 적당하지 않은께로. 여기가 무신 떠돌이 개들 보육원도 아니고, 당신 하나 땜시 불면증까지 생겨부렀당께. 더구나 이제 여름이 올틴디 워쩔 거요? 저 개들이 피우는 오물 냄새 허며, 날벌레까지 들끓을 것 생각하면 끔찍시러 생각도 허기 싫당께."

할아버지는 조용했던 동네가 개들 때문에 시끄러워졌다며 이사를 가라고 노골적으로 요구했다.

"누구한테 이사를 가라 말라예요? 아저씨가 이 골목에 법이라도 정해뒀어요?"

"이 아짐씨가 나이를 똥구멍으로 처먹은겨?"

할아버지는 얼굴이 점점 파랗게 질려갔다. 엄마는 조목조목 따져가며 야무지게 대꾸했다. 이럴 때 보면 엄마는 우울증 환자 같지 않았다. 오히려 '딱 걸렸어 너'라는 식으로 바락바락 악을 쓰며 대들었다.

결국 할아버지는 엄마의 악다구니에 질린 탓인지 슬그머니 자리를 피했다. 그날 이후로 이웃들은 엄마에게 쌈닭이라는 별명을 붙였다. 엄마는 사람들과 한바탕 싸움이 끝난 후에는 지친 얼굴로 방에 들어가 꼼짝하지 않고 누워 지냈다.

나는 그런 엄마를 보면서 마음이 괴로웠다. 골목길을 걸어다니다 이웃을 만날까 두렵기까지 했다. 개들을 유기견 보호소에 보내자고 설득해 봤으나 그곳만은 안 된다며 엄마는 꿈쩍도 하지 않았다. 도리어 개들이 싫으면 네가 집을 나가라는 식이었다.

상황이 이렇다 보니 나라도 뭔가 방법을 찾아야 했다. 유기견 보호소로 보내는 건 어려우니 개를 키울 만한 사람을 구해야 했다. 일단 애견 분양 카페에 회원가입을 했다. 그곳에서 '신선한 개껌'이라는 아이디로 활동하면서 이 많은 개들에게 주인을 찾아줄 방법을 내 나름대로 생각해 보았다.

고민 끝에 '개를 버리는 완벽한 방법'이라는 제목으로 글을 올렸다. 사람들의 관심을 끌기 위한 방법이었다.

1. 아파트는 개를 버리기에 적당치 않다. 층간소음 때문에 개를 들이는 걸 망설일 게 분명하다.

2. 아이가 하나인 집을 고른다. 자식이 많은 집은 아이만으로도 벅차 개를 외면할 게 분명하다.

3. 농가주택을 고른다. 시골에서는 집 지키는 개 한 마리 정도는 늘 키운다. 대문에 개를 묶어두고 주인이 이 개를 확실하게 포기했다는 사실을 적어 목줄에 달아둔다.

4. 개를 버릴 때는 예의를 갖추어야 한다. 개의 생년월일과 이름, 주인의 애틋한 마음이 담긴 사연을 남긴다. 사정상 더는 키울 수 없게 되었지만 사랑받는 귀한 개였음을 구구절절 적어둔다.

5. 미용에 확실히 신경을 써준다. 반려견은 외모가 생명이다.

머리에 핀도 꽂아주고 예쁜 옷도 입혀서 누구든 훔쳐가고 싶을 정도로 외모를 가꾼다. 이왕 버리더라도 최선을 다해 꾸며주자.

6. 외로움을 많이 타는 독거노인이나 우울증 환자, 혼자 있는 중년 남성 등이 사는 집에 버린다.

7. 애견 카페의 무료 분양 게시판에 글을 올린다. 크게 기대할 건 아니지만 가끔은 강아지보다 다 큰 개를 특별히 좋아하는 사람도 있다.

앞쪽에는 시선을 끌 만한 글을 적고 그 뒤로 유기견을 데려가 달라는 내용을 적었다. 제목과 앞부분에 적힌 내용 때문인지 순식간에 댓글이 수십 개나 달렸다.

- 새끼 때는 예쁘다고 키우더니 크니까 버리겠다고…….

- 개 사진 다른 거로 좀 올려주세요.

- 유기견 델꼬 왔는데 집 나가써요. 혹시 거기 업나요?

- 누가 요즘 남이 키우던 개를 키움? 이미 울 동네 떠돌이 개 천국임.

- 지금 분양하려는 거임, 아님 버리려는 거임? 자삭 고고.

- 와우! 연구 많이 하셨넹. 혼자 계신 분들 델꼬 가셈.

- 제가 돈 받고 입양하면 안 될까요?

카페 내에서 인기 게시물이 될 정도로 반응이 뜨거웠지만 정작 다 큰 개를 분양받겠다고 적극적으로 나서는 사람은 없었다. 개 사진도 한몫했다. 사실 내가 올린 사진 속 개들은 모두 초라했다. 유기견이라도 예쁘게 꾸며주면 입양에 유리할 텐데 도저히 개들을 단장할 여력까진 없었다.

포기하지 않고 다른 카페에도 글을 올렸다. 내 글을 보고 개를 분양받겠다는 사람이 꼭 있을 것만 같았다.

학교에서 돌아오는 길에 있는 사거리의 동물병원이 눈에 띄었다. 동물병원 원장은 언제나 전동 킥보드를 타고 다녔다. 그 모습이 인상적이라 얼굴이 눈에 익었다. 병원 앞을 지나는데 문득 새우가 생각났다. 무슨 병에 걸렸는지 궁금했다.

원장이 잠깐 외출하려는지 전동 킥보드를 손질하는 모습이 유리문 너머로 보였다. 잠시 들어갈까 말까 망설이다 용기를 내서 병원 안으로 들어갔다.

"저…… 선생님. 저희 개가 숨소리가 거칠고 기침을 자주 하는데 무슨 병인지 아세요?"

망설이던 끝에 겨우 말을 꺼냈지만 원장은 고개도 돌리지 않고 킥보드만 만지작댔다.

"음, 아마도 십중팔구 심장병일 게다."

"심장병이요?"

"그래, 검사를 해봐야 알겠지만 숨을 헐떡이는 소리가 자주 난다면 심장병이 확실해."

"고칠 수는 있나요?"

"개가 심장병에 걸렸다는 건 혈관에 문제가 생겼다는 뜻이야. 아마 증상이 꽤 오래됐을 텐데, 왜 이제야 왔니?"

원장은 개를 내버려 둔 책임이 내게 있다는 듯이 되물었다.

"상태가 그 정도면 심각해. 수술로도 어렵지. 대신 생명을 연장할 수 있는 약은 많아."

"약이요?"

"죽을 때까지 먹이면 그냥 뒀을 때보다 오래 살 거다. 약값이 비싼 게 흠이지만. 문제는 의료보험이 안 된다는 거지. 개도 돈 있는 주인을 만나면 오래 살 수 있어. 요즘 약이 좋아서 개 수명도 많이 늘었거든."

원장은 킥보드 손질이 다 끝났는지 그제야 허리를 펴고 내 얼굴을 똑바로 보았다.

"곧 나가봐야 하는데 급하면 당장이라도 데려오지 그러니."

원장은 내 얼굴을 보며 상냥하게 말했다. 쌕쌕거리는 소리가 듣기 싫어 백 번이고 데려오고 싶지만 치료비가 비싸다는 말에 선뜻 대답할 수가 없었다. 원장은 헬멧을 쓰고 나서 나를 다시 한번 힐끗 쳐다보았다.

"우리 아들도 같은 학교 다니는데, 너 몇 학년이니?"

원장이 내 교복을 유심히 본 이유가 따로 있었다.

“2학년이요.”

“아들하고 같은 학년이네. 너 혹시 김호영이라고 아니?”

“아, 아뇨. 몰라요.”

호영이는 우리 반 반장이었지만 나는 시치미를 뗐다.

“그래, 난 또 아들 친구인가 해서. 나중에 걔 꼭 데려오렴.”

원장은 내 어깨를 툭 치더니 나갈 준비를 했다.

반장 선거 때 김호영이란 이름을 처음 들었다. ‘애견 사랑 김호영’을 연호하며 자신감 넘치던 아이였다. 지나친 자신감이 마음에 들지 않아서 나는 호영이를 뽑지 않았다.

하지만 결과는 예상 밖이었다. 호영이는 무슨 마력이라도 있는 듯 반 아이들의 표를 자석처럼 끌어모아 반장이 됐다. 활달한 성격에 인기도 많고, 아빠가 동물병원 원장인 호영이는 나에게 벽과 같은 존재였다. 그것도 내가 넘볼 수 없는 높은 성벽이었다.

버스로 돌아와서 엄마에게 새우의 상태에 대해 말했다.

“정말 심장병이야? 그래서 버림받았구나. 불쌍한 것.”

엄마는 새우의 머리를 쓰다듬더니 이내 눈시울을 붉혔다. 엄마는 조금이라도 나쁜 소식을 들으면 곧잘 눈물을 흘리곤 했다.

“그렇게 가슴 아프면 엄마가 병원에 데려가 보든가.”

나는 비꼬듯이 말했다.

"당장 그러고 싶어. 하지만 너도 알다시피 우리 상황이 좋지 않잖아. 병원에 가면 검사비랑 약값만 해도 감당이 안 될 거야. 개들은 보험도 안 된다던데……."

"그럼 저대로 죽어가게 놔둬. 그래도 거리에서 떨다 죽지는 않겠네. 지금 상황에서 동정은 우리한테 사치라고."

엄마가 집 형편을 들먹거려서 나도 냉랭하게 쏘아붙였다. 엄마의 행동과 상황이 점점 어긋나고 있다는 것에 화가 났다.

"너, 왜 그렇게 냉정하게 말해? 병을 알고도 못 고쳐주는 마음이 어떤지 알아? 누굴 닮아 독한 건지."

"아빠 닮아서 그런가 봐."

"네 아빤 독한 사람 아니었어."

"그럼 왜 그렇게 빨리 죽었냐고! 뭔가 잘못했으니까 얼른 데려갔겠지."

"야! 네가 아빠에 대해 뭘 알아? 세상에 법 없이도 살 사람인데. 이주노, 너 참 못됐다."

답답한 마음에 일부러 못된 말을 내뱉었다. 아빠가 그렇게 허무하게 죽은 게 화가 나서 그냥 아빠를 탓했다. 그렇지만 분명한 건 내 기억에도 아빠는 독한 사람이 아니었다.

죽일 놈의 학교

"이주노!"

복도에서 담임이 내 이름을 불렀다.

"왜 너한테서 담배 냄새가 나지?"

"네? 저 담배 안 피우는데요."

나는 조심스럽게 답했다.

"내 코가 개코다, 이놈아. 누굴 속여!"

담임은 아예 작심한 듯 단정적으로 말했다. 의심의 눈초리로 날 유심히 쳐다보더니 기어이 교복 주머니를 뒤졌다.

"이건 담배 아니고 이쑤시개냐?"

담임의 손에 들린 건 담배가 분명했다.

"그, 그건 제 거 아니에요!"

"쇼를 해라, 쇼를 해. 어디 뭐 마술이라도 하냐? 주머니에서 나왔지만 제 건 아닙니다? 너 같으면 그걸 믿겠냐고!"

내가 아니라고 거듭 말해도 도무지 믿질 않았다. 담임은 의심병 환자가 분명했다.

"내 눈 똑똑히 보고 말해봐. 너 언제부터 담배 피웠어?"

"피운 적 없다고요."

담임의 눈을 똑바로 보고 대답했다.

"이 자식이 눈까지 똑바로 뜨고 거짓말하네. 장난하냐? 머리에 피도 안 마른 놈이 커서 뭐가 되려고 벌써 담배질이야. 이주노, 벌점 30점 넘었다. 부모님 호출이야. 알겠어?"

담임은 내 뒤통수를 손으로 툭툭 쳤다.

담임은 편견 덩어리였다. 주머니 속 담배는 단번에 내 것이 되고 말았다. 사실 그건 엄마 담배였다. 엄마가 담배를 피울 때마다 슬쩍슬쩍 한두 대씩 빼돌려서 몰래 내다버린다는 게 그만 교복 주머니에 넣고 깜박했다.

버스로 돌아오니 엄마는 또 담배를 피우고 있었다.

"엄마, 학교에서 호출이야."

"너, 또 사고 쳤냐?"

"몰라……."

엄마의 볼멘 목소리가 오늘따라 피곤하게 느껴졌다.

"너 왜 그래? 지금 집 없다고 방황하는 거야?"

엄마의 짐작은 엉뚱한 방향으로 튀었다.

"아니."

"그럼 도대체 뭐야? 엄마가 호출받고 학교 갈 일이 뭐가 있어? 너도 알다시피 엄마는 문제아 뒤치다꺼리할 힘은 없어."

문제아라는 말에 머리로 피가 확 쏠렸다. 이게 다 누구 탓인가 싶어 나도 모르게 버스 바닥을 주먹으로 내리쳤다.

"아이, 씨!"

쾅 하는 소리가 바닥을 울렸다. 주먹이 따끔따끔했다. 얼얼한 느낌이 손등을 타고 가슴께까지 올라왔다. 손이 아파야 하는데 이상하게 가슴이 뻐근했다.

"그놈의 담배 때문에……."

나도 모르게 혼잣말을 했다.

"담배? 담배라니? 너 담배 피워?"

"내가 담배 피울 거 같아?"

"아니면 다행이고."

엄마는 내심 안도하는 표정이었다.

"교복 주머니에 엄마 담배가 있었는데 담임한테 걸렸어."

"뭐? 내 담배가 왜 거기 있어?"

"그냥, 엄마가 담배 피우는 거 싫어서 한두 대씩 숨겼어."

엄마가 나를 빤히 쳐다보았다. 푹 꺼진 눈꺼풀이 힘겹게 깜

빽였다. 엄마는 피우던 담배를 창틀에다 꾹꾹 눌러 껐다.

"나도 이놈의 징글징글한 담배 끊고 싶어. 그런데 그게 마음대로 안 돼. 변명 같겠지만……."

엄마가 낮은 목소리로 말했다. 이어질 말을 듣기 싫어 버스 밖으로 뛰쳐나왔다. 그러자 엄마가 뒤에서 소리를 질렀다.

"내일 담임한테 솔직히 말해! 담배 주인은 엄마라고!"

"싫어!"

"엄마는 학교 절대 안 갈 거야! 네가 죄지은 게 없는데 내가 왜 학교에 가? 게다가 기호 식품까지 담임한테 간섭받을 이유는 없어. 난 성인이라고. 내일 가서 한마디만 해. 엄마가 우울증 환자라고 하면 별말 없을 거야."

"우울증이 무슨 벼슬이야? 맨날 무슨 말만 하면 우울증이래, 아오!"

"야, 이주노! 그딴 식으로밖에 말 못 해? 당장 썩 꺼져!"

엄마는 할 말이 없으면 언제나 꺼지라고 소리쳤다.

중간고사 기간이 일주일 정도 남았다. 엄마는 도서관에 가서 공부하라며 등을 떠밀었지만 정말 가고 싶지 않았다. 도서관은 잘난 놈들의 소굴이었다. 엄마는 내가 그 소굴에 들어가기라도 하면 힘없는 토끼에서 밀림의 왕 사자로 거듭날 것이라고 믿는 듯했다.

사자들 사이에 있다고 해서 토끼가 사자가 되진 않는다. 토끼 정도는 사자에게 한 입 거리도 안 된다는 사실을 엄마는 모르는 듯했다. 도서관에 가면 우리 반 잘난 놈들과 마주칠 게 뻔했다. 끼리끼리 몰려다니는 녀석들을 보면 자연스레 기가 죽었다.

이 년 전, 엄마는 옆 동네 고급 빌라로 우리를 데리고 들어갔다. 집주인은 엄마가 일하는 식당의 사장님이었다. 새벽부터 일을 나가는 데다 싱글 맘인 엄마를 배려해 저렴하게 임대한 집이었다. 엄마는 식당 일을 오래 할 생각으로 주소까지 그 집으로 옮겼다. 사장님 집은 구에서 가장 부자들이 사는 동네에 있었다.

나는 그 집에서 중학교 배정을 받았다. 모두가 선망하던 신운중학교에 배정을 받은 후 엄마는 마치 로또에 당첨된 것처럼 기뻐했다. 하지만 그것도 잠시였다.

중학교 배정 이후 얼마 못 가 엄마의 허리가 문제를 일으켰다. 종일 서서 하는 식당 일이 허리에 무리를 주었다. 엄마는 허리 통증이 심해져서 결국 병원에서 디스크 수술까지 받았다. 수술 후에도 경과가 좋지 않아 오래 서 있지 못했고, 결국 식당 일을 그만둘 수밖에 없었다. 얼마 후 우린 멀지 않은 곳에 있는 빌라 반지하로 들어왔다.

신운중학교는 오랜 전통의 명문이었다. 그래서 위장전입까지 해서라도 배정을 받으려는 학부모들이 많았다. 학기 초만 되면 위장전입자를 색출하느라 학교가 한동안 들썩였다. 발각되는 즉시 원 주소지로 돌아가는 아이들도 종종 있었다.

엄마는 교육열이 그다지 높은 사람은 아니었다. 소가 뒷걸음치다 쥐를 잡은 격이었다. 그래도 엄마는 큰일을 한 사람처럼 "나 아니었으면 어떻게 그 학교에 갔겠어?"라며 의기양양했다.

올해도 역시 학기 초부터 위장전입자를 찾아낸다고 혈안이었다. 조회 때 담임은 교육청에서 위장전입자 목록이 공문으로 내려왔다고 말했다. 나는 죄지은 것처럼 괜히 마음이 조마조마했다.

"우리 학교는 불법 입학이 많은 학교다. 이번 위장전입 조사에 불만 품지 말고 모두 협조하도록 해. 작년에 무더기로 적발되는 바람에 대거 전학을 간 경우가 있지만 우리 반에서는 그런 일이 없기를 바란다."

담임은 뭔가 비장한 얼굴이었다. 잘못한 게 없는데 손에 땀이 났다. 엄마가 내게 되짚어 주었던 이야기가 떠올랐다.

"아무 걱정 할 것 없어. 우린 정당하게 배정된 거야. 아마 식당 사장님이 잘 말해줄 테니까 걱정하지 마."

엄마의 낙천적인 태도 때문에 괜히 더 불안했다. 아무래도 담임에게 찾아가 먼저 우리 집 사정을 실토하는 편이 나을 것 같았다. 이번 조사에서는 담임이 확인차 직접 집을 방문한다고 했다. 걸리는 순간 원 주소지의 학교로 전학을 갈 수밖에 없었다.

수업이 끝난 후 나는 담임을 찾아갔다. 담임은 드디어 올 것이 왔다는 태도로 나를 바라봤다.

"선생님, 말씀드릴 게 있는데요."

"그래, 뭔데?"

"저 그게……."

"뭐? 위장전입 문제니?"

"아뇨, 그게 아니라……."

내가 우물쭈물하자 담임이 목소리를 높였다.

"바쁘니까 얼른 말해! 그럼 뭐야?"

"위장전입 얘긴 맞는데요. 위장은 아니에요."

"무슨 소리야? 위장이 아니면 뭔데?"

"그 집에서 살다가 이사했어요."

"얼마나 살았는데?"

"8개월쯤요."

"8개월?"

담임은 도저히 못 믿겠다는 표정을 지었다.

"정말 그 집에서 살았어요."

"살았다는 걸 부정하는 게 아니야. 거기서 살다가 학교 배정되고 바로 이사한 게 문제라는 거지. 근데 무슨 문제 때문에 배정만 받고 이사했어? 요즘 경기침체 때문에 부모님이 명예퇴직하시거나 운영하시는 사업이 어려워지는 경우가 더러 있다고는 들었는데, 너무 기간을 딱 맞췄네. 뭐, 확인해 봐야 알겠지만……."

담임은 끝까지 의심을 거둘 수 없다는 듯이 말했다. 구질구질한 사연을 입에 담기 싫지만 자칫하면 위장전입이라는 오해를 받을 위기였다.

"선생님, 지금 저랑 그 집에 같이 가요. 위장전입이 아니라는 걸 확인해 줄 사람이 있어요."

"지금?"

"집주인 사장님이 저희 사정을 다 말해줄 거예요."

"사장님이라니?"

담임은 나의 당당한 모습에 잠시 머뭇거렸다. 나는 그 집에서 살게 된 계기와 이사할 수밖에 없었던 이유까지 모두 솔직히 털어놓았다. 그 말을 하는 동안 내 얼굴이 달궈진 불판처럼 뜨거워졌다.

"그래도 자식아, 일 년 정도 살고 이사했으면 골치 아플 일은 없지. 어차피 조사할 거니까 그 문젠 곧 밝혀질 거야. 우리 반에서 목록에 올라온 학생은 너 하나거든."

담임은 나를 불쌍한 아이처럼 쳐다보더니 그만 집으로 돌아가라고 했다.

다행히 위장전입 논란은 별다른 문제를 일으키지 않고 담임 선에서 무마됐다. 그러나 반 아이들에게 의심의 눈초리를 받았다. 어떻게 알게 되었는지는 모르겠지만 위장전입이란 꼬리표가 내 이름 앞에 붙는 건 개운치 않은 일이었다. 가뜩이나 친구가 없는데 나는 점점 더 외딴 섬처럼 고립되어 갔다.

외톨이들의 아우성

아침부터 준수의 생일 파티 초대장이 반 단톡방에 올라왔다. 초대받은 아이들이 축하 메시지를 올렸다. 나는 준수의 짝이지만 초대장을 받지 못했다. 파티 장소는 패밀리 레스토랑이었는데 아예 룸을 예약해 둔 모양이었다. 초대받은 아이들은 우리 반에서 십여 명 정도였다. 모두 유치원 때부터 지금까지 이 동네에서 지낸 아이들이었다.

애초부터 나는 초대장을 받을 수 없는 존재였다. 초등학교든 중학교든 중간에 전학을 온 아이들은 일단 제외됐다. 한마디로 진짜가 아닌 짝퉁들을 철저하게 골라냈다.

공통분모를 가진 아이들은 거미줄처럼 서로 얽혀 있었다.

공부할 때도 운동할 때도, 심지어 놀 때도 언제나 그들에게는 규칙이 있었다. 그래서 무리를 짓고 있는 아이들에게는 먼저 말을 걸기도 어려웠다. 어차피 나는 자발적 외톨이라서 상관하지 않았다.

"성능 쩔지? 한번 해볼래?"

준수가 새로 산 아이폰을 들고 나타났다. 고퀄리티 게임을 얼마나 오랜 시간 할 수 있는지 설명하면서 화면을 슬쩍 보여주었다.

"이번에 텝스 500점 넘어서 아빠가 사준 거야. 다음에 과학 올림피아드에서 동상 이상 받으면 그땐 아이패드도 사준댔어."

준수는 내게 보란 듯이 자랑질했다.

아이들은 텝스나 토익 같은 영어 시험은 기본이고, 수학이나 과학 올림피아드에 수시로 나갔다. 준수도 과외와 학원을 병행하면서 이런저런 시험을 치른다고 했다.

논술 학원에서 읽는 책이라며 가끔 어려운 책을 들고 오기도 했는데 제목부터 무슨 뜻인지 모를 말들이 가득했다. 『이기적 유전자』 『물질문명과 자본주의』 『인간의 조건』 등 분명 한글로 된 책이었지만 낯선 외국어 지문을 보는 것 같았다.

상위권 아이들의 대화는 도통 이해할 수 없을 때가 많았다. 수1, 수2는 물론 미적분에 기하까지 푸는 아이들이 수두룩했다. 언제나 끼리끼리 모여 정보를 교환했고 누군가 대화에 끼려고 하면 바로 말을 멈췄다. 나는 애초부터 그 아이들에게 관심도 없었고 알고 싶은 것도 없었다. 잘난 놈들이 사는 방식과 내가 사는 방식은 확연히 다르니까.

잔반을 비우고 급식실에서 나가려는데 한쪽에 아이들이 우르르 모여 웅성대고 있었다. 가까이 가보니 강효재 패거리가 있었다. 놈들은 스스로를 'BEST OF BEST', 줄여서 'B.O.B'라고 지칭했다. 그래서 아이들은 강효재 패거리를 '비오비'라고 불렀다. 딴에는 멋있어 보이려고 지은 이름 같은데 내가 보기에는 그냥 '밥'이었다.

간단하게 부르는 게 훨씬 나은데 뭐 하러 길게 부르는지 모를 일이었다. 하나가 아니라 여럿이 뭉쳐 다니니까 한마디로 '밥통'이었다. 밥통들은 같은 초등학교 출신이거나 같은 학원을 다니는 경우가 많았다. 저들끼리 우정 반지를 나눠 끼고 값비싼 브랜드 옷을 맞춰 입으며 소속감을 뽐냈다.

밥통들이 예지 앞에 서 있었다. 강효재가 눈을 가늘게 뜨면서 예지를 바라봤다.

"어이, 촌딱. 밥이 잘 넘어가지, 넘어가?"

예지는 아무 말 없이 밥을 먹고 있었다.

예지가 우리 반으로 전학 온 날, 나는 예지의 초콜릿색 긴 머리와 큰 눈망울에 잠시 넋이 나갔었다.

"통영에서 전학 온 황예지라고 해. 잘 부탁해."

통영에서 왔다는 말에 반 아이들이 수군거렸다. 통영이 어딘지 모르는 아이들이 대부분이었다. 어학연수나 유학을 다녀온 아이들이 많아서 오히려 미국에 있는 도시가 더 익숙하다는 반응이었다.

예지의 낭창낭창한 인사말이 귀에 쏙쏙 들어왔다. 예지는 눈매가 선했지만 야무져 보였다. 어깨까지 내려온 머리는 만화책에 나오는 주인공처럼 청순해 보였다. 통영에 가보진 않았지만 아마도 무척 아름다운 바다가 있을 것 같았다. 처음으로 이 학교에 오기를 잘했다는 생각이 들었다.

예지는 첫날부터 밥통들에게 괴롭힘을 당했다. 지방 출신이라 얕보았는지, 아니면 자신들보다 조금이라도 나아 보이는 게 싫었는지 이유는 알 수 없었다.

"야, 사람 말 안 들려? 귓구멍 막혔냐고! 너 통영에서 왕따였다며? 한번 왕따는 영원한 왕따라는 거 몰라? 남의 구역에 왔으면 납작 기어야지 어디서 센 척을 하고 있어. 그래 봤자 촌딱티 팍팍 나는 게."

예지는 강효재의 막말에도 아랑곳하지 않고 남은 밥까지 싹싹 비운 후 식판을 들고 일어섰다. 그때 강효재가 예지의 팔을 잡아끌었다. 그 바람에 식판이 바닥에 뒹굴면서 남은 국물이 강효재의 실내화 위로 튀었다. 일순간 급식실이 아수라장이 됐다. 아이들의 시선이 빨간 국물로 얼룩진 실내화로 쏠렸다.

"아, 씨발! 야, 빨리 닦아!"

예지가 난감한 표정으로 가만히 서 있자 강효재가 다시 소리를 질렀다.

"좋은 말로 할 때 들어라. 닦으라고!"

예지의 표정이 심상치 않았다. 예지는 강효재의 행패를 무시하고 다시 식판을 들고 나갔다. 그러자 강효재가 뒤쫓아 와서 예지의 머리채를 거머잡았다.

"야! 미쳤냐? 닦으라면 닦아! 웃긴 년이네. 통영에선 먹혔는지 몰라도 여긴 아니야. 아주 그냥 죽으려고 용쓰네."

"이거 못 놔?"

예지가 소리를 질렀다.

"어쭈, 야리기는. 야, 일단 폰 압수다, 압수."

강효재가 분풀이 대가로 교복 주머니에 있던 예지의 휴대폰을 빼앗았다.

"뭐야, 이거 대명외고 정문 사진 아냐? 여기 가시려고? 꼴에 명문 중학교로 전학 와서 애쓴다, 너."

"야, 내놔!"

예지는 분한 듯이 소리를 질렀다. 조금 전 난감했던 모습과 달리 성난 표정이 역력했다.

"이거 돌려받고 싶으면 내 말을 따르든가."

강효재는 휴대폰을 손에 들고 여전히 깐죽거렸다. 강효재는 우리 학교 짱이다. 학교에는 조기유학파가 많은데 강효재도 그중 하나였다. 요즘에는 싸움은 기본이고 공부도 잘해야 짱이 될 수 있었다.

밥통들은 조용하고 소극적이거나 자기네 말에 복종하지 않는 아이들을 주로 괴롭혔다. 예지처럼 전학 온 아이들이 표적이 되기도 했다. 놈들은 한번 먹잇감으로 삼은 아이는 온갖 수를 써서 괴롭혔다.

아이들은 예지가 당하는 걸 보기만 했다. 누구 하나 나서서 밥통들을 제지하는 아이가 없었다. 나는 속이 바짝바짝 타들어 갔다.

'야, 강효재! 그 손 놓지? 가만히 있는 예지를 왜 못살게 구냐고!'

입 밖으로 꺼내지 못하고 속으로만 소리쳤다.

이대로 방관할 수 없었다. 급식실에서 뛰쳐나와 교무실로 향했다. 급한 마음에 쏜살같이 뛰었다. 예지가 맞기라도 한다면 큰일이다. 얼른 이 상황을 담임에게 알려야 했다.

숨을 헐떡거리며 교무실 문을 열었다. 담임은 커피잔을 들고 여유롭게 신문을 보고 있었다. 담임을 보자 심장이 쿵쿵거렸다.

"선생님! 지금 급식실에서 강효재가 예지 괴롭혀요."

"밑도 끝도 없이 뭘 괴롭힌다는 거야? 효재가 예지를 때리기라도 했단 말이야?"

담임은 신문에서 눈을 떼지 않고 심드렁하게 말했다.

"어…… 그러니까 폰을 빼앗았어요."

"그거야 돌려달라고 하면 되지. 뭐가 문제야?"

"식판도 엎었어요."

"식판? 이것들이! 누가 엎었어?"

"강, 강효재요."

담임은 대수롭지 않다는 듯이 천천히 신문을 접고 그제야 내 얼굴을 바라봤다.

"이것들이 또 장난을 치나. 하루도 바람 잘 날이 없어. 5교시 국어 맞지? 이따 수업 시작하기 전에 한마디 할 테니까 일단 가봐."

"지금 당장 가보셔야 해요. 급식실로요."

나는 담임을 졸랐다.

"인마, 뭐가 그리 급해? 주먹을 휘두른 것도 아니고 장난 좀 치는 것 가지고. 내가 가서 보초라도 서야 하냐? 어휴, 담임은 맡는 게 아니라더니……. 별거 아닌 건 너희끼리 해결해. 사사건건 와서 일러바치지 말고. 가봐."

담임은 짜증이 난 얼굴로 턱짓했다. 반 아이들 일이라면 무조건 귀찮다는 얼굴이었다. 하는 수 없이 밖으로 나왔지만 어쩐지 내 말이 무시당한 느낌이었다.

다시 급식실로 갔는데 예지는 물론 밥통들도 사라지고 조용했다. 교실로 올라와 보니 예지가 책상에 엎드려 한동안 얼굴을 들지 않았다.

"예지야, 괜찮아?"

나는 예지 곁으로 다가가서 조심스레 물었다. 예지는 엎드린 채로 고개를 끄덕였다.

조금 전 상황을 두 눈으로 뻔히 보았으면서도 예지에게 힘이 되어주지 못해 안타까웠다. 비겁한 이주노, 겁쟁이 이주노. 넌 용기 없는 놈이야.

강효재는 아무 일도 없었다는 듯이 밥통들과 한바탕 떠들며 웃어댔다. 재수 없는 놈. 지금이라도 당장 달려가서 따지고 싶었지만 괜히 일이 커질까 봐 겁났다.

담임은 수업 시작종이 울리고 십 분이나 지난 다음에야 교실로 들어왔다. 그런데 어떤 말도 입에 담지 않고 바로 수업을 시작했다. 담임의 태도에 주먹이 불끈 쥐어졌다.

담임은 결국 수업이 끝날 때까지 강효재에게 별말을 하지 않았다. 내가 조금 전에 교무실에서 했던 말은 까맣게 잊은 모양이었다. 그런 게 아니라면 강효재를 혼낼 마음이 애초부터 없었던 것이다. 교실 문을 열고 나가는 담임의 뒤통수에 지우개라도 던지고 싶었다.

주디가 공터 구석에 쪼그리고 앉아 개들을 뚫어지게 바라보고 있었다.

"뭘 그렇게 봐?"

"오빠, 부슬이랑 해롱이가 이상해. 여기저기 진물이 흐르고 피부가 빨개."

"어디 봐."

주디의 말을 듣고 나는 개들의 배와 등을 살폈다. 뱃가죽에 검은 반점이 여럿 보였다. 더구나 등을 바닥에 대고 박박 문질렀는지 피부가 벗겨지고 피까지 엉겨 있었다.

"얘네 아프겠다. 얼마나 가려울까. 난 저 기분 잘 알아."

주디는 아토피로 오랫동안 고생했던 기억이 떠오른 모양이었다.

"누가 저 개들 좀 데려가서 키워주면 좋을 텐데. 여기는 목욕도 시키기 어렵고 치료해 줄 돈도 없고……. 병원이라도 데려가 줄 천사가 있을까?"

"꿈 깨라. 그런 사람이 있으면 우리부터 이런 쓰러져 가는 버스에서 살지 않겠지."

"오빠, 광고라도 해보자."

"무슨 광고?"

"전봇대에 이런저런 전단지 붙이잖아. 우리도 전단지 만들어서 개들을 입양할 사람을 찾아보면 어떨까?"

"야! 이런 떠돌이 개들을 입양할 사람이 어디 있겠어?"

"세상에는 버려진 개들을 사랑하는 사람도 있다고, 뭐."

"그래, 한 사람 있긴 하지……."

나는 버스를 향해 눈짓했다.

"누구? 엄마?"

"그래, 엄마가 그런 사람이잖아. 개를 키울 힘도, 지킬 힘도 없으면서 무작정 끌고 와 끼고 사는 대책 없는 사람."

나는 마음에서 올라오는 말을 아무렇게나 내뱉었다.

"엄만 너무 가난해. 몸도 아프고. 저 많은 개들을 다 돌볼 수가 없잖아. 엄마 말고 다른 사람 없을까?"

주디는 잠시 말을 멈추고 골똘히 생각했다.

"아, 동물병원 원장이라면 손쓸 수 있겠네. 의사잖아!"

"동물병원에서 떠돌이 개들을 입양하겠어? 그런 야무진 꿈은 그만 꿔."

"개들만 몽땅 입양되면 셋이서 이모네 집에 들어갈 수 있잖아. 버스에서 사는 거 진짜 싫어. 오늘도 얼마나 조마조마했는지 알아? 애들이 볼까 봐 계속 뒤돌아보면서 왔다고."

주디는 아주 괴롭다는 듯 말했다. 어느새 내 곁으로 다가온 엄마가 등 뒤에서 말했다.

"주노야, 새우한테 가봐. 종일 꼼짝도 안 하고 숨만 가쁘게 쉬어. 아무래도 곧 죽을 것 같아. 어쩐지 좀 느낌이 안 좋네. 사람이든 동물이든 죽는 걸 보기가 이젠 무섭다. 꼭 내가 죽을 것 같아."

엄마는 근심 어린 눈으로 말했다.

"내가 본다고 달라지겠어? 병든 놈 그냥 죽게 내버려 둬!"

나는 마음에도 없는 말을 내지르고 버스 쪽으로 갔다.

버스 안으로 들어가자 엄마 말대로 새우는 낡은 담요에 누워 꼼짝도 안 하고 쌕쌕 숨을 몰아쉬고 있었다. 그 모습을 보자 한숨이 절로 나왔다. 바닥에 널브러져 있는 새우에게 다가가니 눈을 힘겹게 뜨며 나를 바라보았다. 저놈의 눈이 문제다. 다갈색 눈망울이 자꾸 내 마음을 흔들었다.

"아이, 씨. 내가 진짜 미쳐. 나더러 어쩌라고!"

새우가 그냥 이대로 잠들어서 숨이 멎는다면 오히려 마음이 편할 것 같았다. 옆에 놓인 사료는 어제부터 그대로였다. 뭐라도 해야 할 것 같아 수저로 물을 떠 새우의 입으로 가져갔다. 하지만 새우는 입을 꾹 다물고는 벌리지 않았다.

"그래, 배가 불렀네. 네 마음대로 해. 난 물도 주고 사료도 줬어. 그러니까 나 원망하지 마!"

휴대폰으로 새우의 병을 검색해 봤다. 심장병에 산책이나 흥분은 금기였다. 왜 하필 이런 몹쓸 병에 걸렸는지 정말 안타까웠다.

다음 날 아침, 새우를 데리고 나섰다. 학교 가는 길에 동물병원에 들러 볼 생각이었다. 어젯밤 새우의 움직임이 심상치 않아 잠을 설쳤다.

동물병원 입구에 서서 유리문 너머를 기웃거렸다. 아직 문을 열지 않은 듯 불이 꺼져 있었다. 새우는 내 가슴에 찰싹 달라붙어 여전히 가쁜 숨을 몰아쉬었다.

병원 출입문 앞에서 십 분 정도 기다렸으나 원장은 오지 않았다. 이대로 기다릴 수만은 없었다. 할 수 없이 새우를 가방에 넣고 황급히 학교로 발걸음을 옮겼다. 다행히 새우는 짖지 않았고 움직임도 별로 없었다.

1교시가 끝날 때까지 새우는 가방 안에서 얌전히 있었다. 수업 내내 새우가 짖을까 봐 조마조마했는데 다행히 자고 있었다. 2교시는 체육 시간이라 운동장에 나가야만 했다. 어째야 할지 고민하다가 뒤늦게 체육복을 갈아입었다. 새우가 답답해하지 않을까 싶어 지퍼를 반쯤 열어두고 나갔다.

운동장에는 아이들이 이미 줄을 서고 있었다. 나와 몇몇 아이들이 늦었다는 이유로 반 전체가 기합을 받았다. 먼저 나와 있던 아이들이 억울하다며 울상을 지었지만 체육 선생님은 단호했다. 아이들의 눈이 일제히 내게로 쏠렸다. 그때 녀석과 눈이 마주쳤다.

강효재는 날 노려보며 '넌 죽었어!' 하는 입 모양과 함께

가운뎃손가락을 들어 올렸다. 놈들에게 또 하나의 빌미를 주고 말았다. 그렇지만 신경 쓰지 않기로 했다. 지금은 온통 새우 생각뿐이라 그깟 밥통들쯤은 문제가 아니었다.

체육 시간이 끝나고 계단을 빠르게 올라갔다. 3층에 들어서자마자 웅성거리는 소리가 들려왔다. 순간 불길했다. 그 소리를 따라 얼른 교실로 들어섰다.

"야, 잡아!"

"빨리 잡으라고!"

우려했던 일이 터졌다. 잠에서 깨어난 새우가 가방 속에서 튀어나왔다.

컹컹컹! 새우는 겁에 질린 눈으로 칠판 아래 구석에 서서 다가오는 아이들을 향해 미친 듯이 짖었다. 개 짖는 소리 때문에 다른 반 아이들까지 한꺼번에 우리 반으로 몰렸다.

"그만둬!"

잔뜩 겁먹은 새우를 그대로 둘 수 없었다. 나는 조심스럽게 새우에게 다가갔다. 새우는 나를 보자 꼬리를 휙휙 흔들었다. 손으로 새우의 머리를 쓰다듬으며 끌어안았다. 그때 담임이 교실로 들어섰다.

"너야? 개를 학교로 데려와서 이 소란을 피운 게!"

담임은 나와 새우를 보자 이맛살을 찌푸리며 소리부터 질렀다. 새우 때문에 또 담임에게 발목을 잡혔다.

"이거, 이거 정말 꼴통일세!"

담임이 들고 있던 책으로 내 머리를 톡톡 쳤다.

"학교에 개를 끌고 온 이유가 뭐야!"

"그게……."

"왜 말도 제대로 못 해! 너 관종이야?"

담임은 개까지 끌고 와서 아이들 관심이나 끌려는 한심한 놈으로 나를 몰았다.

"밤새 끙끙 앓아서 혼자 둘 수 없었어요. 곧 죽을 것 같다고요."

나는 눈을 치켜뜨며 말했다.

"그걸 지금 말이라고 해? 개가 아프면 동물병원에 데려가야지 왜 학교로 와! 지금 당장 데리고 나가. 너 혹시 학교를 애견 놀이터로 아는 거냐? 이 자식 정신상태가 아주 글렀네."

담임은 전후 사정을 듣지도 않고 무조건 소리부터 질렀다. 내 품에서 주눅이 들어 있던 새우가 담임이 내지른 소리에 놀라 거칠게 짖어댔다.

"이주노! 빨리 개 데리고 나가! 경비실에 맡기든가 해!"

담임은 새우가 짖는 소리에 겁이 난 듯 소리를 높였다.

운동장을 가로질러 경비실로 가는 동안 새우는 숨을 가쁘게 몰아쉬었다. 내가 만약 버스에 살지 않고 예전부터 이 동네에서 살았더라면 담임이 저렇게 화를 냈을까. 서운함이 몰려와서 마음을 더 힘들게 했다.

경비실 안으로 들어서자 경비 아저씨가 코에 걸친 안경을 추어올리며 놀란 표정으로 바라보았다.

"무슨 일이니?"

"저 정말 죄송한데 수업 끝날 때까지 개 좀 맡아주실 수 있을까요?"

"저런, 개를 학교에 데려왔구나."

"개가 많이 아파서요."

나는 기어드는 목소리로 말했다.

"그래, 무슨 사정인지 모르겠지만 수업 끝나거든 데려가라. 아저씨도 개를 키우니까 얘가 안심할 거다."

경비 아저씨는 조심스레 새우를 안아 들었다. 다행히 새우는 얌전했다. 어쩐 일로 짖지도 않고 아저씨 품에 안겨 있었다. 개를 키운다는 아저씨의 말에 안도감이 들었다.

점심시간에 예지가 내 앞자리에 앉았다.

"개는 왜 데려왔어?"

"학교 오는 길에 동물병원에 맡기려고 했는데 병원 문이 닫혀 있었어."

"그럼 아까 담임한테 말하지 그랬어. 왜 말 안 했어?"

"뭔가 구구절절 설명해야 한다는 게 마음에 안 들어. 담임이 추궁하는 말투도 싫었고.”

예지는 내 심정을 이해한다는 듯 고개를 끄덕였다.

“근데 개 이름이 뭐야? 귀엽더라.”

“새우.”

“뭐 새우? 푸하하. 너무 웃긴다. 이름 한번 재밌게 지었네.”

“내가 지은 게 아니라 엄마가 지은 거야. 새우깡을 좋아해서 새우라고 지었어.”

“근데 새우 어디가 아파?”

“심장병이래.”

“안됐다. 그래도 힘내. 요즘 약이 좋아져서 개들도 오래 산다더라.”

“으응……. 그래, 그렇겠지.”

나는 말끝을 흐렸다.

수업이 끝난 후 서둘러 경비실로 갔다. 새우는 머리를 두 발로 가린 채 바닥에서 자고 있었다. 내가 들어서자 새우는 눈을 번쩍 뜨더니 반가운 눈빛으로 날 바라보며 꼬리를 흔들었다. 안아 올리자 혓바닥을 날름거리며 미친 듯이 내 얼굴을 핥았다. 하지만 그르렁거리는 숨소리는 여전했다.

“이 녀석, 숨소리가 거친 게 심상치 않구나. 병원부터 빨리 가려무나.”

경비 아저씨는 새우를 걱정스러운 눈빛으로 보며 말했다.

감사하다는 말과 함께 고개를 꾸벅 숙이고는 새우를 데리고 얼른 교문을 빠져나왔다.

학교를 벗어나자 짓눌렸던 마음이 조금이나마 뚫리는 것 같았다. 새우는 정말 운이 없었다. 주인에게 버림받고 나쁜 병에도 걸렸으며 가난한 엄마에게 발견됐다. 이런 운 나쁜 녀석을 살려줄 사람은 동물병원 원장밖에 없었다.

동물병원 앞에서 다시 걸음을 멈췄다. 유리문 밖에서 안을 기웃거렸다. 그 순간 원장과 눈이 마주치고 말았다. 원장은 날 보자 문을 열고 밖으로 나왔다.

"왜 안 들어오고 서 있어? 얘가 저번에 말한 심장이 안 좋다는 개니?"

"네……."

"빨리 들어와. 근데 개보다 네가 더 아픈 것 같은데……. 어디 보자 어디가 아픈 건가."

원장은 새우를 덥석 안고 병원 안으로 들어갔다. 태도를 보니 돈 없다고 진료를 거부할 것 같지는 않았다. 원장은 진료대 위에 새우를 눕히고 가슴에 청진기를 댔다. 한참을 그렇게 청진기를 대보더니 천천히 입을 열었다.

"건강한 개들에 비해 아마 심장이 두 배나 커져 있을 게다. 호흡이 가쁜 이유도 다 거기에 있어. 좀 더 검사를 해보면 알겠지만 약을 꾸준히 먹으면 살 수는 있단다. 너무 걱정하지 않아도 돼."

"검사비가 비싸겠죠?"

"그렇지. 개는 의료보험이 없잖아. 일단 정밀검사부터 해야 하니까 부모님 모시고 와. 그때 가서 자세히 얘기해 줄게."

원장은 나를 평범한 이 동네 아이라고 생각하는 듯했다. 선뜻 버스에 산다고 말할 수 없었다. 특히 호영이 아빠라는 사실이 신경 쓰였다. 그래도 상황을 솔직하게 말해야 도움을 받을 수 있었다. 나는 용기를 내보기로 했다. 일단 숨을 크게 들이쉬고 입을 열었다.

"저…… 선생님, 새우는 원래 유기견이에요. 저희 집에는 이런 유기견들이 아주 많아요. 사룟값 대기도 벅찰 정도라 병원비는 감당하기 어렵거든요. 그래서 부탁드리는 건데요……. 선생님께서 새우한테 도움을 주시면 안 될까요?"

내 말이 끝나기가 무섭게 원장의 온화하던 얼굴빛이 싸늘하게 굳었다. 표정이 바뀐 것을 보자 마음이 조마조마했다. 원장은 잠시 침묵하다가 입을 열었다.

"지금 나더러 유기견 후견인이 되어달라는 말이지?"

"돈을 내고 치료하고 싶지만 그럴 형편이 못 돼요."

"네 이름이 뭐라고 했지?"

원장은 잠시 날 바라보더니 뜬금없는 말을 꺼냈다.

"저, 저요?"

갑자기 이름을 물어봐서 당황스러웠다.

"그럼 여기 너 말고 누가 있니?"

"이름은 왜요?"

"이름조차 말할 수 없다는 거니?"

"어…… 이주노예요."

"이주노, 내 말 잘 들어봐. 넌 세상이 네 뜻대로 될 거라 생각하지? 그렇게 된다면 세상살이가 얼마나 쉽겠니?"

원장은 진지한 표정으로 고개를 설레설레 흔들었다.

"네 말대로 유기견을 돌봐주면 좋겠지만 그럴 수 없단다. 세상은 그런 인정이나 선의 따위로 돌아가는 게 아니거든."

원장은 어려운 말만 골라 쓰며 무료 진료를 거절했다. 논술 문제도 아니고 알아들을 수 없는 말을 늘어놨다. 치사한 인간. 새우만 아니라면 당장 문을 박차고 나가고 싶었다. 아픈 개 한 마리를 두고 설교나 늘어놓다니.

"그래도 의사는 아픈 개를 고쳐야 하잖아요."

"동물을 고치는 건 맞지만 무료 진료를 하진 않아. 이것도 어쩌면 장사라고 봐야지. 개는 이제 데려가렴. 모든 개는 자기 수명대로 살다 가는 게 순리야. 그러니 억지로 수명 연장할 필요가 있겠니? 더구나 돈도 없잖아. 넌 개한테 할 만큼 했어."

뭐라 대꾸할 수가 없어서 잠자코 듣기만 했다.

"최소한의 약은 지어주마. 그나마 약을 주는 것도 네가 하기 힘든 말을 용기 있게 꺼냈기 때문이야. 난 아무에게나 자비를 베풀지는 않거든."

원장은 자기 할 말만 하고 조제실로 들어갔다가 나오더니 약봉지를 건넸다.

"하루에 두 번, 시간 맞춰서 주거라. 약이 다 떨어지거든 다시는 오지 말고. 개가 정 힘들어한다면 안락사 정도는 내가 도울 순 있겠지. 고통을 줄여주는 것도 주인이 할 수 있는 마지막 배려거든."

분명히 맞는 말인데 안락사라는 말이 영 거슬렸다. 고작 며칠 분량의 약만으로 감사할 수는 없었다. 나쁜 놈. 내가 돈을 냈다면 안락사 이야기는 꺼내지도 않았을 게 분명했다. 그리고 심장병에 좋다는 약을 계속 지어줬겠지.

원장은 의사가 아니라 장사꾼이 분명했다. 히포크라테스 선서는 까맣게 잊어버린 걸까. 새우가 여전히 쌕쌕 소리를 내며 숨을 몰아쉬었다.

'새우야, 원망하지 마라. 난 자존심 버리고 할 만큼 했다.'

정글의 법칙

"야, 화장실로 따라와! 그냥 튀면 옥수수 털릴 줄 알아!"

귀에 피어싱을 한 녀석이 다가와 강효재의 호출을 알렸다. 뭔가 감이 잡혔다. 오늘 담임이 아침부터 강효재를 호출했다. 뒤늦게 예지 일을 추궁한 게 분명했다. 아마 그 때문일 것이라고 생각하며 화장실로 갔다.

화장실 안에는 강효재 말고는 아무도 없었다. 놈은 담배 연기를 내뿜으며 나를 노려보았다. 풀어헤친 교복 셔츠 사이로 금색 십자가가 반짝거렸다. 침을 꿀떡 삼키며 강효재 앞으로 다가갔다. 놈은 피우던 담배를 신경질적으로 바닥에 내던졌다.

"야, 너 왜 불렀는지 알지?"

강효재가 나직하게 물었다.

"왜 불렀는데?"

나는 의연하게 되물었다.

"이 새끼가……. 이주노! 잘 들어. 내가 제일 싫어하는 게 어떤 새낀 줄 알아? 뒤에서 호박씨 까는 새끼야! 내 앞에서는 빌빌거리는 놈이 뒤에서는 죄다 꼰질러? 너 담임 똘마니라도 되냐, 어? 이 새끼야!"

순간 얼굴로 주먹이 훅 하고 날아왔다. 피할 새도 없이 순식간에 얻어맞았다. 갑자기 심장이 파닥거렸다. 맞은 게 분하다거나 아프다기보다는 숨기고 싶은 마음을 들켜버린 것 같아서 불안했다.

내가 예지를 위해 할 수 있는 일은 고작 담임에게 알리는 일이었다. 강효재의 한 방이 오히려 시원하게 느껴졌다. 내 비겁함을 혼내주는 것 같았다. 주먹이 몇 차례 더 얼굴로 날아왔다. 입술이 뜨끈해서 손으로 쓸어내리니 손등에 피가 묻어났다. 또다시 주먹이 날아와서 이번에는 팔목을 붙잡았다.

"강효재! 다시는 예지…… 괴롭히지 마라!"

"어쭈, 이게 덜 맞았나!"

"예지 휴대폰 돌려줘."

"아, 이 새끼가 돌았나? 휴대폰은 벌써 돌려줬지. 너 예지랑 사귀냐? 사귀냐고! 걔 완전 여우야. 내가 그런 여자애들 속을 잘 알지. 미국에 있을 때 그런 애들 여럿 봤다. 남자애들 살살 꼬드겨서 자기편으로 만들고, 다른 놈들한테 질투 유발에 동정심까지. 정신 좀 차려, 이 새끼야!"

그때 수업 종이 울렸다.

"너, 오늘은 여기까지다. 다음에 한 번만 더 고자질했다간 뒈질 줄 알아."

강효재가 나간 후 한동안 멍하니 벽에 기대어 있다가 삐걱대는 화장실 문을 주먹으로 한 대 갈겼다. 주먹이 잘못 빗나갔는지 손가락 마디가 불에 덴 것처럼 후끈거렸다.

수업이 끝나고 교문을 나서다가 조금 앞서가고 있는 예지를 발견했다. 가느다란 팔목이 앞뒤로 흐느적거려서 도통 힘이 없어 보였다.

"황예지!"

이름이 불려서 깜짝 놀랐는지 예지는 대번 고개를 돌렸다. 나는 손을 한번 흔들고는 얼른 예지 곁으로 달려가서 나란히 걸었다.

"너 언제부터 강효재한테 시달린 거야?"

"전학 첫날부터……."

예지는 굳은 얼굴로 땅을 바라보며 말했다.

"미안해. 난 그런 줄도 모르고 있었네."

"미안하긴……. 근데 너 얼굴이 왜 그래?"

"아, 이거……."

"혹시 너도 강효재한테 당한 거야?"

"아, 아냐."

"그럼?"

"아까 계단에서 굴렀어."

강효재에게 얻어터진 사실을 들키고 싶지 않아서 거짓말을 했다.

"조심하지 그랬어."

"으응……. 뭐 그렇게 됐어."

얼굴 이야기는 대충 얼버무리고 말았다. 말없이 걷다가 문득 예지에게 잘 보이고 싶다는 생각이 들었다.

"집까지 데려다줄게. 밥통들이 따라올지 모르니까."

"밥통? 혹시 강효재 말하는 거야?"

"응, 난 비오비라고 안 부르고 밥통이라고 불러."

예지가 살짝 웃었다.

"그래, 유치찬란한 비오비보다 밥통이 훨씬 낫다."

밥통이라는 말이 재미있는지 예지는 활짝 웃었다. 밝아진 예지의 모습을 보자 마음이 놓였다.

어느덧 아파트 단지 사잇길에 접어들었다.

"이주노, 너 첫인상이 어땠는지 알아?"

"어땠는데?"

"너도 나처럼 전학 온 줄 알았어."

"와, 날 촌놈으로 본 거네?"

"왜, 싫어?"

"아니, 뭐……."

나를 촌놈으로 봤다는 말에 할 말이 없었다. 예지의 눈은 정확했다. 나는 역시 이 동네와는 어울리지 않았다. 그저 호랑이인 척하는 고양이였다. 어쩌면 고양이도 아닌 쥐일지도 모른다.

"너 혹시 전학 온 거 후회하니?"

예지에게 무심코 이런 질문을 했다.

"응, 조금……. 사실 난 통영이 좋아서 서울에 올 생각이 없었어. 여긴 친구도 바다도 없거든."

"그런데 왜 왔어?"

"아빠 따라서 이사 온 거야. 아빠가 사업 때문에 전국은 물론이고 해외까지 자주 드나들거든. 아무래도 통영보다는 서울이 여기저기로 이동하기 편하니까. 내가 다닐 만한 좋은 학교도 많고 말이야."

"그래서 이사했구나."

"응, 아빠는 날 이 학교에 보낸 걸 아주 자랑스러워해. 내가 이래 봬도 통영에서 공부 좀 했거든. 근데 중간고사 치고 나서 충격받았어. 이럴 거면 그냥 혼자라도 통영에 남아 있을 걸 그랬나 봐."

"통영 수재가 첫 시험에 벌써 기죽냐?"

"야! 이게 엄살처럼 보여? 나 심각하다고."

이런저런 말을 주고받다가 다시 강효재에 대해 이야기하게 됐다.

"아빠한테라도 말해봐. 밥통들이 괴롭힌다고."

"아빠는 출장 때문에 집에 잘 없어. 맨날 나 혼자 집에 있어서 외로워. 가끔 고모가 와서 집안일을 해주시긴 하지만……."

"세세한 상황이 좀 다르긴 하지만 우린 동족이네."

"뭐? 동족이라고?"

"응, 외톨이잖아."

"외톨이라……."

예지는 잠깐 말이 없다가 다시 입을 열었다.

"가끔 이 동네 애들 보면 심장이 없는 애들 같아."

"심장 없는 사람이 어디 있냐?"

"진짜 심장 말고 뛰는 마음 말이야. 이거, 이거!"

예지는 주먹을 가슴에 대고 콩콩 쳤다.

어느새 예지가 사는 아파트에 도착했다.

"예지야, 또 밥통들이 괴롭히면 혼자 끙끙 앓지 말고 나한테 말해."

"너한테 말하면 뭐? 또 얻어맞게?"

"너…… 알고 있었어?"

"원래 동족끼리는 말 안 해도 통하는 법이잖아."

예지는 씽긋 웃으며 공동 현관문을 열고 아파트 안으로 들어갔다. 예지는 생각보다 훨씬 더 속이 깊은 아이였다.

공터로 돌아와 보니 버스 앞에 낯선 사람들이 모여 웅성대고 있었다. 개들은 경계의 눈빛으로 낯선 사람들을 향해 거세게 컹컹거렸다. 엄마는 사람들과 다투느라 내가 돌아온지도 몰랐다.

"아줌마, 개들 당장 치우세요! 이런 도심에 개 사육장이 있어도 되는 거냐고요!"

"당신이 뭐 여기 땅 주인이라도 돼? 아니잖아!"

엄마는 기죽지 않고 목청을 더 높였다. 가만히 보니까 은행 직원들 같았다.

"저 개들 때문에 벌레가 꼬이는 건 물론이고, 개똥 냄새로 고객 항의가 만만치 않다고요!"

"당신들은 뭐, 똥 안 싸?"

"뭐요? 이 아줌마가 내뱉으면 다 말인 줄 아나! 아예 말이 안 통하는 사람이네!"

남자 직원은 엄마와의 말씨름에 지친 표정이 역력했다.

“진짜 상종 못 할 사람이네. 구청에 진정서 넣을 테니 개들이랑 함께 떠날 준비나 해두쇼!”

엄마와 설전을 벌이던 사람들은 최후통첩을 하고 뿔뿔이 흩어졌다. 엄마는 아무 일도 없다는 듯이 슬리퍼를 직직 끌고 버스 앞문 계단에 앉아 담배를 입에 물었다. 엄마 역시 사람들과 싸우느라 녹초가 된 듯했다.

“하다 하다 이제 별놈들이 다 짖어대네. 너도 분명히 봤지? 우릴 내쫓으려는 저 인간들. 버스에서 사는 줄 뻔히 알면서 저러는 것 봐. 돈 좀 만진다고 사람 무시하는 거야, 뭐야?”

“엄마가 저 개들 엄마라도 돼? 저 사람들 말도 맞잖아. 다 저 개새끼들 때문에 이런 일이 일어나는 거라고! 그래서 사람들이 우릴 무시하는 거고. 당장 유기견 보호소로 싹 다 보내버리자. 버스에서 쫓겨나면 이제 갈 데도 없잖아. 엄마가 못하면 내가 할 거야. 오늘 밤에 개 목줄 다 풀어버릴 줄 알아!”

“야, 이주노! 이제 막 나가겠다는 거야, 뭐야? 아빠 있었으면 넌 진작 죽었어! 누구 마음대로 목줄을 풀어? 너 재네 눈을 좀 봐. 얼마나 똘망똘망하냐고. 근데 유기견 보호소로 가면 모조리 개죽음이야. 재들 살아 숨 쉬는 거 안 보여? 너랑 같은 생명이라고. 살고 싶어 한다고! 내 눈에 흙이 들어가기 전에는 재들 유기견 보호소로 끌려가서 죽는 꼴은 못 봐. 알겠어?”

엄마는 생명까지 운운하면서 순식간에 나를 몰상식한 인간으로 만들어버렸다.

"너 개들 목줄 풀어버리거나 유기견 보호소로 데려가면 호적을 파버릴 줄 알아. 엄마하고 연 끊고 싶으면 그러든가! 흑, 이젠…… 아들놈까지…… 흐흑, 날 우습게 아네……."

엄마는 내 말이 못내 서운했는지 울먹거리며 말했다. 엄마 눈에 아들은 보이지 않고 오로지 개들만 보이는 것 같았다. 사실 나라고 개들이 걱정되지 않는 건 아니었다. 그러나 계속 이렇게 살 수는 없었다. 결국 나만 또 나쁜 놈이 되고 말았다.

"주노야, 빨랑 일어나 봐. 개들이 심상치 않아."

엄마가 내 몸을 흔들어 깨웠다. 눈을 뜨자 밖에서 컹컹컹, 개 짖는 소리가 날카롭게 울렸다. 엄마는 손전등을 켜고 버스 밖으로 나갔다. 나도 뒤따라 나왔는데 어둠 속에서 엄마의 당황한 목소리가 흘러나왔다.

"이를 어째!"

개들을 묶어둔 쪽으로 다가가자 열무와 부슬이, 해롱이가 보이지 않았다. 바닥에는 목줄이 몇 개 떨어져 있었다. 누군가 작정하고 개들을 풀어놓다가 엄마가 손전등을 비추자 달아난 것 같았다.

"열무야! 부슬아! 해롱아!"

엄마는 개들의 이름을 부르며 도로와 골목길을 미친 듯이 내달렸다. 나 역시 주변은 물론이고 길 건너 공원까지 뒤졌다.

"해롱아! 부슬아! 열무야!"

어두운 밤하늘에 대고 소리를 질렀다. 개들이 보이지 않자 마음이 조급해지고 불안해졌다. 캄캄한 밤이라 골목골목마다 개들이 숨어들었을 수도 있었다. 그렇게 한 시간이나 온 동네를 뒤지고 다녔지만 세 녀석은 끝까지 보이지 않았다.

버스로 돌아와 보니 엄마 역시 개들을 찾지 못한 채 담벼락에 주저앉아 있었다.

"나쁜 놈들. 은행 직원놈들의 짓이 분명해. 너 대신 그 인간들이 개를 풀어줬네. 이제 속이 시원하니? 이주노!"

엄마는 앙칼진 목소리로 소리쳤다. 나는 엄마의 억지에 가슴이 터질 것 같아 주먹으로 담벼락을 내리쳤다.

"나더러 어쩌라고! 개들이 사라진 걸 왜 내 탓을 해!"

"세상에서 제일 모진 게 인간이라더니. 도대체 어떤 인간이 목줄을 푼 거야?"

엄마는 내 말을 들은 척도 하지 않으며 흥분한 목소리로 중얼댔다.

"개들이 여길 기억하고 다시 올지도 몰라."

나는 퉁명스럽게 대꾸했다.

누군가 내가 한 말을 듣기라도 한 듯 정말 황당한 일이 벌어졌다. 개들이 다시 공터로 돌아올 것이라고 믿고 싶었다. 다행히 엄마도 내 말에 반박하지 않았다.

며칠이 지나도 개들의 소식은 들을 수 없었다. 학교 가는 길에도 개들을 찾아다녔지만 흔적이 없었다. 엄마는 날마다 밥만 먹으면 개들이 어디 있나 샅샅이 동네를 뒤지는 게 일이었다.

일요일 아침, 웬 아주머니가 작은 상자를 안고 공터 입구를 서성거렸다. 엄마는 기웃거리는 아줌마를 발견하고 그 앞으로 다가갔다.

"여기에 뭐 볼 일 있어요?"

"저…… 혹시 이 개가 여기 개가 맞나 해서 와봤어요."

"개요? 개를 데려왔어요?"

엄마의 목소리가 떨렸다.

"집 근처 골목 모퉁이에 쓰러져 있어서 가봤더니 죽어 있더군요. 나도 개 키우는 사람이라 남의 일 같지 않아서요. 여기서 키우는 개일 거라고 누가 알려줘서 왔어요."

엄마는 아줌마가 건네준 상자를 조심스럽게 열었다. 그 안에 신문지로 싼 무언가가 보였다. 신문지를 걷어내자 열무가 피투성이가 된 채 죽어 있었다. 다리에 뼈가 드러날 정도로 살이 완전히 까져 있어서 보기에도 끔찍했다.

"열무야! 우리 열무 맞아요!"

엄마는 열무를 보자마자 울음을 터뜨렸다. 나도 열무의 처참한 모습을 보고 있자니 목구멍에서 뜨거운 것이 치밀어 올랐다.

"조금만 일찍 손을 썼어도 살릴 수 있었을 텐데. 아마 교통사고를 당하고서 시간이 너무 흐른 것 같아요."

아줌마는 엄마가 우는 모습을 보면서 안타깝다는 듯이 말했다.

"개도 생명인데…… 뺑소니를 치다니……."

엄마는 울먹거리며 혼잣말을 했다.

아줌마가 돌아간 후 엄마는 넋 나간 사람처럼 죽은 열무를 바라봤다. 한참 동안 말이 없던 엄마가 땅이 꺼질 듯이 한숨을 쉬더니 입을 열었다.

"장례는 치러줘야지. 눈이라도 편히 감으라고……."

엄마와 나는 열무가 담긴 상자를 안고 버스로 다섯 정거장 떨어져 있는 산으로 올라갔다. 십오 분 정도 걷다 보니 산 아래 집들이 훤히 내려다보였다. 엄마는 우리 동네가 잘 보이는 곳에 서 있는 소나무를 골라 모종삽으로 힘겹게 흙을 팠다.

"내가 할게."

나는 엄마가 쥐고 있는 모종삽을 빼앗아 구덩이를 팠다. 땅속에 작은 돌들이 많아 삽이 걸리는 바람에 손에 생채기가 났지만 아프지는 않았다. 한참을 파 내려가니 구덩이가 만들어졌다. 신문에 둘둘 말려 있던 열무의 사체를 상자 속에서 조심스럽게 꺼내 구덩이에 넣고 흙을 덮었다.

"열무야! 다음 생에는 절대 개로 태어나지 마라. 흑…… 흐흑……."

사체를 흙으로 다 덮자 엄마가 또다시 흐느꼈다.

열무의 무덤이 모습을 드러내는 동안 내 마음에 분노가 일렁였다. 이 녀석도 한때는 주인에게 사랑받던 놈인데 왜 버려졌을까. 어디서 왔으며 원래 이름은 무엇이었을까. 이런저런 생각 끝에 그저 열무가 누군가의 체온을 기억하며 무지개다리를 건너기를 바랐다.

문득 열무에게 죄책감이 생겼다. 내가 개들을 거리에 풀어버리자고 말했기 때문에 열무가 죽은 것 같았다. 아직 돌아오지 않은 해롱이와 부슬이에게도 미안한 마음이 들었다. 세상은 버려진 개들에게는 친절하지 않다는 엄마의 말이 맞았다. 무덤 위에 열무가 좋아하던 열무 줄기를 꽃처럼 심었다. 엄마는 열무 줄기 옆에 담배 한 개비를 꽂는 것도 잊지 않았다.

부서진 해금

오늘은 음악 수행평가가 있는 날이다. 번호대로 앞으로 나가서 자기가 가져온 악기로 연주를 했다. 준수가 바이올린을 들고 호기롭게 앞으로 나갔다. 오랫동안 청소년 오케스트라로 활동해서 바이올린 연주를 꽤 잘하는 편이었다. 예상대로 준수는 연주를 아주 능숙하게 해냈다.

다음 순서로 강효재가 하모니카를 들고 나왔다. 예상외로 하모니카 실력은 상상을 뛰어넘었다. 옆자리에서 쑥덕거리는 말로는 유명한 하모니카 연주자에게 삼 년간 개인교습을 받았다고 했다. 대회에 나가서 수상까지 했다는 소문대로 강효재의 연주는 아마추어 실력이 아니었다.

음악 선생님은 눈까지 지그시 감고 하모니카 연주를 감상했다. 높은 점수를 주는 기준은 독특한 악기를 얼마나 잘 다루느냐에 있었다. 예상대로 강효재의 성적이 가장 높았다.

다음은 내 차례였다. 전날 버스에서 리코더로 〈하울의 움직이는 성〉 OST를 몇 번 불어보기는 했으나 엄마의 잔소리 때문에 연습을 포기했다. 연습량이 적어서 자신감이 없었다. 작은 리코더를 손에 들고 교실 앞으로 나갔다.

교탁 앞에 서자 제일 먼저 예지가 눈에 띄었다. 난 마음을 굳게 먹고 눈을 감았다. 리코더에 손을 얹고 입에 힘을 주었다. 음악 점수를 잘 받는 것보다 예지가 내 연주를 듣고 있다는 사실이 신경이 쓰였다.

연주하는 동안 예지의 얼굴을 떠올렸다. 예지가 날 향해 해맑게 웃는 모습이 내내 아른거렸다. 그러는 사이 연주가 끝났고 음악 선생님의 평이 이어졌다.

"감정이 살아 있어서 듣기 좋구나. 대신 리듬을 잠깐 놓친 부분이 조금 아쉬웠어."

자리로 돌아오자 다음 순서로 예지가 처음 보는 악기를 들고 교탁으로 나왔다.

"예지는 해금을 들고 나왔네."

선생님의 설명을 듣고서야 예지가 들고 온 악기가 해금이라는 걸 알았다. 국악기는 뭔가 분위기가 달랐다. 예지가 눈을 감고 활대를 조심히 움직였다. 〈달빛〉이라는 곡을 연주했는데 동양적인 멜로디의 슬픈 음색이 듣는 내내 마음을 울렸다. 예지는 달빛 아래에 서 있는 선녀처럼 단아했다.

연주가 끝나자 우레와 같은 박수가 터졌다. '예지야, 잘했어!' 나는 속으로 소리치며 예지가 자리로 돌아올 때까지 있는 힘껏 박수를 쳤다.

예지는 수행평가에서 가장 높은 점수를 받았다. 음악 선생님은 예지의 연주에 칭찬을 아끼지 않았다. 자연스레 강효재는 2등으로 밀려났다.

수업이 끝나고 음악실에서 교실로 돌아가는 길에 예지에게 다가갔다.

"황예지, 해금 연주 장난 아니더라. 1등 먹은 거 축하해!"

"고마워, 주노야."

"해금은 언제 배웠어?"

"초등학교 때. 엄마가 해금 연주를 유난히 좋아했거든. 마침 동네에 해금 연주하는 선생님이 계셔서 배웠어. 엄마는 내 연주를 들으면 몸도 마음도 차분해진다고 했거든. 그래서 아까 엄마 생각하면서 연주했어."

"어쩐지 영혼의 소리가 내 귀까지 들리더라."

나는 장난스럽게 대꾸했다.

"주노야, 너도 잘했어."

"정말?"

"응, 그 곡 내가 좋아하는 곡이야."

"그래?"

나는 예지의 칭찬에 춤이라도 추고 싶을 정도로 기분이 좋았다.

"사실 나도 누군가를 생각하면서 연주했어."

"누군데? 너도 엄마 생각했어?"

"어이! 그럼 좋은데?"

내 뒤에서 누군가가 빈정거렸다. 밥통들이었다. 놈들은 나와 예지를 가운데 두고 빙 둘러섰다.

"황예지, 너 오늘 한 건 했더라. 그래, 어디 그 대단한 악기 좀 보자."

강효재는 예지의 손에 들려 있던 해금 케이스를 우악스럽게 빼앗았다.

"돌려줘!"

"얼마나 대단한 악기인지 구경 좀 하자고!"

강효재는 케이스를 열더니 기어이 해금을 꺼내 들었다.

"야, 이거 다시 한번 해봐. 어떻게 하는 건데? 아까처럼 내숭 떨면서 해보라고."

강효재는 해금을 꺼내 들고 활대로 아무렇게나 줄을 문질렀다.

"강효재, 그만 건드리고 얼른 돌려줘!"

나는 버럭 소리를 질렀다.

"뭐야? 이주노, 가재는 게 편이라고 지금 편드는 거야? 끼리끼리 노네."

"이거 예지 거잖아!"

"어쭈? 너 제정신이냐? 뭐 잘못 먹었어?"

강효재가 해금을 들고 약을 올리듯이 줄을 튕기며 까칠하게 나를 쏘아보았다.

"좋아, 황예지를 위해서 뭐든 할 수 있다 이거지? 네 손으로 이거 직접 빼앗아 봐, 어서! 그럼 돌려줄게. 빼앗아서 황예지 손에 쥐여줘 보라고, 새끼야!"

그 순간 가슴속에서 불꽃이 화르르 일었다. 눈에 보이는 건 오로지 해금뿐이었다. 갑자기 주먹에 힘이 잔뜩 들어갔다. 운동이라고는 초등학교 3학년 때 잠깐 했던 태권도가 전부였지만 더는 참을 수 없었다.

내 손이 아니라 강효재의 주먹이 먼저 허공을 갈랐다. 날라든 주먹에 얻어맞으니 뜨거운 불길이 얼굴로 확 뻗치는 듯했다. 나는 강효재의 왼손에 있는 해금만 노려보았다. 강효재가 금방이라도 해금을 내동댕이칠 것 같아 나는 있는 힘을 다해 놈에게 몸을 던졌다.

강효재가 바닥으로 쓰러지면서 해금이 벽에 부딪히고 말았다. 뭔가 쩍 갈라지는 듯한 소리가 귀를 스쳤다.

"꺄아아아악!"

예지가 새된 비명을 질렀다. 바닥에 뒤엉겨 있던 나와 강효재는 비명 소리를 듣고 동작을 멈췄다. 예지가 굳은 얼굴로 쪼개진 해금을 멍하니 바라봤다. 일순간 시간이 멈춘 것처럼 모든 게 고요해졌다.

해금을 찾아준다는 게 오히려 부숴버리고 말았다. 왜 이렇게 일이 꼬이는지 모르겠다. 이제 강효재와의 싸움은 의미가 없어졌다. 아이들이 몰려오자 밥통들은 순식간에 사라졌다.

시간이 얼마나 흘렀을까. 어느덧 복도가 조용해졌다. 아이들은 모두 집으로 가고 나와 예지만 부서진 해금을 앞에 두고 남았다. 예지는 복도에 주저앉아 한동안 일어설 줄 몰랐다. 모든 게 내 탓 같아서 예지에게 말을 걸기가 두려웠다. 그렇지만 무슨 말이라도 꺼내야 할 것 같았다.

"미안해……. 나 때문에 해금이……."

나는 우물우물 자신 없는 목소리로 사과했다.

예지는 내 사과에도 잠잠했다. 그저 말없이 해금만 손으로 어루만지며 고개를 들지 않았다.

"예지야, 뭐라고 말 좀 해봐……."

"됐어. 이미 해금이 깨졌잖아. 그런데 무슨 말을 더 해. 간섭하지 마. 내가 알아서 할게."

예지는 굳은 표정으로 담담하게 말했다. 그러고는 나와 눈 한번 마주치지 않고 부서진 해금을 케이스에 넣고 교실로 내려갔다.

"오빠, 일어나. 저녁 먹어."

주디가 내 등을 흔들었다. 너무 피곤해 버스에 오자마자 잠이 들고 말았다.

"안 먹어? 왜 그래?"

"그냥……."

"왜 그냥인데?"

"몰라, 말 시키지 마!"

나는 주디를 향해 짜증스럽게 쏘아붙였다. 버스로 돌아온 후 머리가 지끈거려 견딜 수가 없었다. 머릿속은 온통 해금 생각뿐이었다. 강효재를 밀치지만 않았어도 해금은 부서지지 않았다. 이 모든 게 내 잘못처럼 느껴져서 미칠 것만 같았다.

집으로 오는 길에 휴대폰으로 해금을 검색해 보았다. 가격이 리코더와는 무려 오십 배나 차이가 났다. 해금을 사주고 싶어도 도저히 내 힘으로 살 수 있는 가격이 아니었다. 다리에 힘이 풀리고 입 안이 타는 듯한 초조함이 밀려왔다. 아빠가 돌아가신 후 정말 처음으로 울고 싶었다. 한마디로 막막했다.

예지에게 문자라도 보낼까 하다 그만두었다. 시간을 되돌릴 수 있다면 얼마나 좋을까. 해금이 멀쩡하던 시간으로 돌아간다면 강효재 앞에 무릎이라도 꿇을 수 있을 것 같았다. 그러나 지나간 시간은 절대로 돌아오지 않는다.

다음 날 학교에 들어서자마자 무작정 담임을 찾아갔다. 교무실로 가는 발걸음이 가볍지 않았다. 그날 일을 생각해 보니 무작정 덤벼든 게 아주 멍청했다. 나의 성급한 행동이 화를 자초했다. 어쨌든 지금은 무슨 일이든 해야만 했다.

교무실로 들어서자 요동치던 가슴이 조금 안정됐다. 예지의 해금을 머릿속으로 떠올려 보니 다시 용기가 생겼다. 담임은 모니터 앞에 앉아 집중한 채 내가 앞에 서 있는 줄도 모르고 있었다.

"저…… 선생님."

"어, 네가 어쩐 일이니?"

"상담할 게 있어서요."

"뭐 고민 있니?"

담임은 건조하게 물었다.

"일단 앉아봐."

담임에게 말하는 것이 내키지는 않았지만 마땅한 방도가 없었다. 강효재의 행동으로 예지의 해금이 부서졌다는 걸 낱낱이 털어놓았다. 내 이야기를 듣는 내내 담임은 별다른 반응이 없었다. 그렇다고 내 말에 큰 흥미를 느끼는 것처럼 보이지도 않았다. 담임은 늘 반 아이들 문제에 대해 이런 식이었다. 그래서 말하는 사람의 의욕을 꺾어놓았다.

내 말이 끝나자마자 담임은 기다렸다는 듯이 입을 열었다.

"그래서 지금 나더러 효재 혼내달라는 거네. 이런 문제는 너희끼리 해결해야지. 꼭 선생님 힘을 빌려야겠니?"

역시나 예상을 빗나가지 않았다. 담임의 답변은 직무유기 수준이었다.

"지금 선생님께 고자질하는 게 아니라 신고하는 거예요."

"이런 일이 신고할 일이냐? 쌈박질해서 입원한 것도 아니고 겨우 악기 하나 때문에 내가 꼭 나서야 하는 거냐고! 사내자식이 툭하면 달려와서 미주알고주알……. 내가 일이 얼마나 많은지 네가 알기나 해? 대한민국 선생들이 바로 너희 같은 애들 때문에 잡무에 시달리는 거야. 아냐고, 인마!"

담임은 귀찮은 일들이 다 나 때문에 생겼다는 투로 몰아붙였다.

"효재 어디 있어? 당장 교무실로 오라고 해!"

담임은 어쩔 수 없다는 듯이 자리에서 일어나며 말했다.

"강효재!"

담임은 교무실로 불려온 강효재를 보자마자 소리를 버럭 질렀다. 강효재는 내 옆에 불만이 가득한 얼굴로 서 있었다.

담임이 우리를 나란히 세워놓고 양손으로 서로의 머리를 여러 번 부딪쳤다.

"야, 이놈들아! 제발 사고 좀 그만 쳐라. 매번 앙숙처럼 이게 뭐냐? 강효재! 왜 예지 악기 갖고 장난쳤니, 엉? 너 예지 좋아하냐?"

"네? 제가요? 무슨 말도 안 되는……. 악기가 너무 신기해서 한번 만져본 건데 이주노가 갑자기 달려들었어요!"

"이유가 어찌 됐든 너희 둘이 반씩 나눠서 예지한테 악기 값 물어줘!"

"선생님, 쟤랑 반띵 안 해도 돼요. 제가 다 물어주죠, 뭐."

"그래? 그럼 끝났네. 이제 됐지? 가봐!"

담임은 선뜻 악기값을 물어주겠다는 강효재의 말에 서둘러 상황을 종료했다.

다행히 해금 문제는 금방 해결됐다. 그러나 이상하게 오물을 뒤집어쓴 것처럼 기분이 찝찝했다. 강효재는 돈으로 담임을 가볍게 회유했고 잘못도 쉽게 용서받았다. 애초부터 내게는 타협할 여지가 하나도 없었다.

돈의 위세 앞에서 나는 한없이 오그라들었다. 담임과 강효재의 해결 방식은 아주 쉽고 간단했다. 강효재가 예지를 괴롭힌 일은 전혀 문제가 되지 않았다.

교무실 밖으로 나오자 강효재가 능글능글 웃었다.

"나 때문에 돈 굳은 줄 알아. 또 담임한테 찔렀지? 치사한 새끼. 돈 없다고 친구를 꼰질러? 하여튼 거지 같은 놈."

강효재 눈에 나는 분명히 악기값도 없는 거지였다. 놈은 악기값을 물어주는 것으로 자존심을 톡톡히 세웠다. 나는 결국 돈에서 졌다. 강효재는 내게 돈으로 모멸감을 주었다.

종일 기분이 착잡했다. 주먹을 꽉 쥐어보기도 하고 숨을 깊게 내쉬어 보기도 했다. 찜찜한 기분에서 벗어나고 싶었지만 쉽지 않았다. 수업이 끝날 때까지 예지와 눈 한번 마주치지 못했다. 예지와 무슨 말이라도 나눠야 이 기분을 떨쳐낼 수 있을 것 같았다.

수업이 끝나고 복도 창문 너머로 예지가 청소하는 모습을 보면서 기다렸다. 예지를 마주하면 무슨 말부터 꺼내야 할지 곰곰이 생각해 봤다. 화를 낼지도 모른다는 생각이 들자 도리어 감정이 차분해졌다. 내게 화를 낸다 한들 당연한 일이었다.

예지가 청소를 끝내고 복도로 나왔다. 서 있는 나를 알 수 없는 눈빛으로 쳐다보았다.

"황예지, 청소 다 했어?"

"너 여태 기다린 거야?"

예지는 대수롭지 않게 말했다. 변함없는 얼굴을 보자 더 미안해졌다.

"해금 일은 미안해. 다 나 때문이야."

"그거 때문에 화난 거 아냐. 애들한테 매번 당하는 게 분해서 그랬어."

"그랬구나……. 해금은 강효재가 물어주기로 했어."

"이제 해금 같은 건 관심 없어."

"정말? 왜?"

"그동안 엄마를 생각하며 연주했는데 이젠 달라. 해금만 쥐면 강효재가 생각날 것 같아."

예지가 어깨를 축 늘어트렸다.

"미안해. 내가 그 자식한테 덤비지만 않았어도 해금이 깨지진 않았을 텐데."

"네가 뭐가 미안해? 그때 네가 나서지 않았으면 더 화났을지도 몰라."

"정말?"

"응, 정말이야."

"고마워, 황예지. 휴, 이제 살 것 같네. 네가 나 때문에 화난 줄 알고 얼마나 조마조마했는지 알아?"

"그랬어? 너 이제 보니 완전 소심하구나?"

예지가 깔깔거리면서 나를 놀렸지만 딱히 기분이 나쁘진 않았다.

"야! 내가 진짜 소심했으면 그놈한테 덤비지도 않았어. 황예지, 이제 밥통들한테 휘둘리지 말자. 내가 생각해 봤는데, 네가 직접 담임한테 찾아가 보면 어때? 혼자 끙끙대지 말고. 내 말은 늘 씹어먹는 담임이지만 네가 말하면 다를지 몰라."

"전학 와서 적응 못 한다는 소리까지 듣고 싶지는 않아. 더구나 문제가 커지면 분명히 아빠한테까지 연락이 갈 거라고. 그래서 싫어. 이 악물고 공부할 거야. 그게 전학생 생존법이라 생각해."

밥통들에게 당하면 당할수록 상처받지 않고 결연한 의지를 다지는 모습을 보니 예지에게 존경심마저 생기려 했다.

"너 처음 전학 왔을 때 공부 잘한다는 소문이 전교에 쫙 깔렸어. 점심시간에도 책만 보더라. 통영에서 수재가 왔다고 다들 경계하던데."

"너도 그랬어?"

"나? 난 전교권에서 놀아본 적이 없어서……."

예지의 물음에 괜히 민망한 마음이 들어 머리를 긁적였다.

"생각보다 성적이 너무 안 나와 좀 당황스러워. 실력 차이도 커서 도저히 애들을 따라갈 수 있을 것 같지 않더라."

"너무 공부만 하지 마. 나 소외감 느낀다고. 외톨이끼리 뭉쳐야지!"

"그래, 외톨이도 뭉치면 강하다는 걸 보여주자!"

예지가 주먹을 내밀었다. 나도 주먹을 맞대며 싱긋 웃었다.

"이주노! 귀먹었어?"

엄마가 버스 안에서 창밖으로 고개를 삐죽 내밀었다. 나는 짖어대는 개들에게 사료를 주느라 정신이 없었다.

"무슨 일인데?"

"마트 가서 라면 좀 사와!

"라면? 난 밥 먹고 싶은데."

"언제 쌀 불려 밥하니?"

"라면 질린다고!"

"질려도 어쩔 수 없어."

엄마는 대수롭지 않게 말했다.

부엌살림이라고는 아이스박스 안에 든 게 다였다. 밥상에는 늘 멸치볶음, 참치 통조림, 김, 단무지, 고추장까지 5종 세트가 올라왔다. 나는 달걀프라이를 좋아하는데 불을 써야 하는 음식은 라면 말고는 제외됐다.

엄마는 지갑에서 돈을 꺼내더니 달랑 천 원짜리 세 장을 쥐여줬다.

"이주노, 돈 남으면 단무지도 사 와. 다 떨어졌더라."

"이 돈으로는 단무지 못 사!"

"잘 찾아봐. 꼬마 단무지 있을 거야."

엄마는 우격다짐으로 돈을 주며 나를 버스 밖으로 내몰았다. 은행 앞에 편의점이 있었지만 비싸니까 사거리에 있는 대형마트로 가라고 신신당부했다.

공터를 벗어나자마자 건너편 지하 피시방에서 낯익은 얼굴의 아이들이 무더기로 나왔다.

"이야, 이게 누구야?"

원수는 외나무다리에서 만난다더니 밥통들이었다. 강효재를 보는 순간 땅으로 꺼지고 싶었다. 공터 앞 피시방은 컴퓨터 사양이 좋아서 원정 오는 아이들이 종종 있기로 유명했다.

"어이, 고자질쟁이! 너 왜 거기서 나와? 거기 우리 아지튼데. 요즘 소문으로는 누가 죽치고 있다던데, 그게 너냐?"

"그걸 왜 나한테 묻냐?"

애써 아닌 척했지만 강효재는 이상한 눈초리로 나를 쏘아봤다.

"이 새끼 수상한데? 구석에서 대마라도 피웠냐? 야, 좋은 거 있으면 같이 하자."

"그, 그런 거 안 해!"

나는 당황한 나머지 말까지 더듬었다.

"그럼 뭐야?"

"알 필요 없어! 가던 길이나 가."

"이 새끼 봐라? 여전히 겁대가리가 없네. 어, 잠깐. 냄새가 나는데?"

강효재가 내 얼굴 쪽으로 코를 가져다 대며 킁킁거렸다. 난 뒤로 한 발짝 물러섰다. 그리고 사거리 쪽으로 걸음을 서둘러 옮겼다.

"야! 너 한 번만 더 깝쳤다간 죽는다, 진짜!"

강효재가 등 뒤에서 소리쳤다. 어쩐 일인지 붙잡지 않고 순순히 보내줬다. 뒤를 힐끗 돌아보니 밥통들이 공터 앞에서 서성거렸다. 이 동네까지 와서 활개를 친다는 게 마음에 걸렸다. 더군다나 공터가 밥통들의 아지트였다니 세상이 너무 좁았다.

라면을 사서 버스로 돌아오는 길에 공터 주변을 살폈다. 여전히 밥통들이 진을 치고 있을 것 같아 마음이 불안했는데 다행히 놈들의 그림자조차 보이지 않았다.

너무 작은 심장

수업을 마치고 동네에서 가장 큰 공원으로 갔다. 머릿속이 복잡할 때마다 찾는 곳이다. 간만에 공원을 둘러보며 천천히 걸었다.

"이주노!"

누군가 뒤에서 내 이름을 불렀다. 순간 가슴이 철렁했다. 뒤를 돌아보니 빌라 위층에 살던 누나였다. 누나는 개들을 산책시키고 있었다. 개들은 서로 자신이 원하는 방향으로 뛰려고 목줄을 당기거나 사람들을 보며 짖어댔다. 반가움과 궁금증이 동시에 일어서 웃으며 누나에게 다가갔다.

"누나, 오랜만이네요."

"주노 맞았구나. 오랜만이다."

"이 개들은 뭐예요? 다 누나가 키우는 애들이에요?

"아니, 내가 개 키울 팔자냐? 알바하고 있어. 개 산책 알바."

"개 산책시키는 알바도 있어요?"

"산책 도우미인 셈이지. 산책도 시켜주고 애견 유치원도 보내주고."

개를 산책시키는 아르바이트가 있다니 처음 알게 된 사실이었다.

"개 주인들이 엄청 깐깐해서 여간 신경 쓰이는 게 아니야. 얘들 팔자가 나보다 더 낫다니까. 이래 봬도 아로마 마사지까지 받는 애들이야. 주인 잘 만나 온갖 호사 누리는 거 보면 어떨 때는 질투 나더라."

누나는 개들을 바라보며 웃었다. 개 팔자가 더 낫다는 게 틀린 말은 아니었지만 씁쓸한 기분이 들었다.

"아이고, 개들이 자꾸 조르네. 이제 돌아가야겠다. 다음에 또 보자."

누나는 올망졸망한 개들을 데리고 공원 밖으로 나갔다.

멀어지는 개들을 보고 있으니 공터에 묶인 녀석들이 떠올랐다. 그 개들은 운이 없었다. 새우도 팔자 좋은 주인을 만났으면 더 오래오래 건강히 살 수 있을 텐데.

물을 뜨러 은행에 갔다가 우연히 예지를 봤다. 예지는 창구 앞에서 순서를 기다리고 있었다. 이런 상황에서 마주치는 게 부담스러워 들고 있던 페트병을 얼른 숨기고 출입문 쪽으로 갔다.

"이주노!"

예지가 불렀다. 내 뒷모습을 기어이 본 모양이었다.

"어…… 황예지……."

나는 어쩔 수 없이 아는 척을 했다.

"너도 이 은행 다녀?"

"으응."

"집이 이 근처야?"

"어…… 이 근처."

"나 지금 체크카드 만드는 중이니까 잠깐 기다려."

하필 여기서 예지를 만날 줄은 몰랐다. 예지를 따돌리고 밖으로 나가고 싶었지만 엉거주춤한 자세로 서서 기다렸다. 예지가 체크카드를 받아 들고 내게 다가왔다.

"체크카드 쓰는구나?"

"넌 안 써?"

"으응……. 귀찮아서 안 만들었어."

"아빠가 집에 잘 안 들어오니까 용돈을 통장으로 부쳐줘."

"하긴 요즘 다 체크카드 쓰더라."

은행 밖으로 나와서 예지와 나란히 걸었다.

"나…… 사실 고민이 있어."

"밥통들 때문에?"

"걔네 때문만은 아니고. 내 멘탈 문제 같아."

예지의 표정이 어두웠다.

"너답지 않게 왜 그래? 자신만만하던 모습은 어디 가고."

"공부에 자신이 없어졌어."

예지의 기운 없는 목소리에 내심 불안했다.

"주노야, 넌 겁날 때 없니?"

"당연히 있지. 난 매일 겁나."

"매일? 이유가 뭔데?"

"그건…… 말할 수 없어."

예지에게 우리 집 사정을 솔직하게 말할까 하다 관뒀다.

"뭐야? 난 다 털어놨는데……."

예지가 장난스럽게 눈을 흘기며 입을 삐죽거렸다.

내 상황을 예지에게 들키고 싶지 않았다. 차마 버스에 산다는 말을 내 입으로는 꺼낼 수 없었다. 간신히 좋은 이미지를 쌓아왔는데 그걸 단번에 깨고 싶은 마음은 추호도 없었다. 어차피 누구에게나 말할 수 없는 비밀이 있는 법이다.

"넌 꿈이 뭐야?"

예지가 느닷없이 물었다.

"꿈……."

예상치 못한 질문에 잠시 그 단어가 주는 의미를 떠올렸다. 사실 꿈이라는 걸 제대로 떠올려본 적이 없었다. 한 번쯤 아빠의 유조차를 운전해 보고 싶다고 생각한 적은 있었지만 그걸 꿈이라고 할 수는 없었다. 결국 우물쭈물하다 아무 말도 하지 못했다.

"난 어릴 때부터 바다를 보고 자라서인지 늘 배를 타고 먼 바다로 떠나고 싶었어. 자유롭게 바다를 항해하고 싶거든."

"멋진 꿈이네, 여자 항해사!"

"지금도 통영 앞바다가 너무 보고 싶어."

"너 향수병 있구나?"

"넌 몰라. 통영이 얼마나 아름다운 곳인지……. 내가 사진 보여줄게."

예지는 휴대폰에 있는 사진을 한 장씩 보여주었다. 통영 앞바다에서 찍은 어린 시절의 모습, 친구들과 수영하는 모습, 가족과 요리하는 모습도 보였다. 나에게도 분명 이런 기억들이 있었다. 그런데 지금은 하나도 남지 않고 모든 게 사라진 느낌이었다.

"주노야, 너 바다가 왜 느릿느릿하고 조용한 줄 아니?"

"그야 물이 너무 많아서 느린 거 아냐?"

"틀렸어. 바다엔 고래가 살기 때문이고, 고래고래 소리 지르는 인간이 살지 않기 때문이야."

"에이, 그거 네가 만든 얘기지?"

"통영에서는 그렇게 말해."

"너 진짜 향수병이 맞네. 이럴 때 바르는 약이 있는데."

"진짜?"

"그럼 진짜지. 이리 와봐."

예지는 내 말에 진지하게 눈을 반짝거렸다. 예지가 갑자기 내 쪽으로 몸을 바짝 붙였다. 그 순간 얼굴이 뜨거워졌다. 얼굴뿐 아니라 머리부터 발끝까지 저릿저릿했다.

"뭔데? 으응?"

예지의 목소리를 듣고야 서둘러 주머니를 뒤져 연고를 꺼냈다.

"그리움에 바르는 약이야. 어떻게 쓰냐면……. 마음이 울적할 때마다 이렇게 조금씩 짜서 발라."

연고를 짜는 시늉을 하고는 바르르 손을 떨며 내 가슴 앞에 대고 바르는 척했다.

"니 지금 뭐 하노?"

갑자기 예지의 입에서 걸쭉한 사투리가 튀어나왔다.

"으응?"

"얻다 대고 작업이고!"

예지가 내 손을 툭 쳤다. 예지의 기습적인 사투리에 정신이

번쩍 들었다.

"너 사투리 완전 무기네, 무기. 왜 그동안 사투리 안 썼어?"

"내 서울말 무지 연습했다. 서울 아들이 무시할까 봐."

난 어이가 없어 한바탕 웃음이 터졌다.

"황예지, 대단하네. 사투리까지 교정받았구나?"

"그건 아냐. 방학 때마다 고모 집에 올라와서 학원 다녔잖아. 그래서 서울말이 익숙해진 거야."

"사투리 듣기 좋은데."

예지의 투박한 사투리가 귀여웠다.

"넌 엄마하고 사이좋니?"

예지가 이번에는 엄마에 대해 물었다.

"엄마랑 자주 싸워. 우리 엄마가 성격 한번 끝내주거든."

"너희 엄마도 공부 때문에 들볶는구나?"

"으응, 뭐 어른들은 다 그렇지."

엄마가 우울증이라는 말은 차마 할 수 없어 말끝을 흐렸다.

"어른들은 다 똑같은 뇌를 가지고 있나 봐. 심장은 진작에 고장 났고."

"세상이 어른들 뇌를 복제한 게 분명해."

"그럼 나중에 우리도 같은 뇌를 가지게 될까?"

"그러게. 하하하."

우리는 서로를 바라보며 오랜만에 크게 웃었다.

다음 날 학교가 끝나고 공터로 돌아오는 길에 다시 동물병원을 기웃거렸다. 마침 원장이 비글의 귀를 만지며 진료에 열중하고 있는 모습이 보였다. 진료가 끝날 때까지 유리문 밖에서 기다렸다.

잠시 후 개 주인이 비글을 데리고 병원 밖으로 나왔다. 나는 숨을 크게 한번 들이쉬고는 유리문을 밀며 들어갔다.

"저…… 안녕하세요?"

"어? 그래, 오랜만이구나."

원장은 날 보자마자 표정이 굳어졌다. 손님이 아니라서 실망한 눈치였다.

"어쩐 일이야? 심장병 걸린 강아지는 잘 있니?"

"아직 숨은 쉬고 있어요."

"다행이구나. 근데 여긴 어쩐 일이니?"

"저…… 부탁이 있어서요."

"부탁? 심장병 걸린 강아지 얘기니? 그때 내가 답을 준 것 같은데."

"실은 저희 집에 새우 말고도 많은 개들이 살아요."

"전에 말했잖니? 아버지가 능력자시네."

"아버진 안 계세요."

"그래? 그거 안됐구나."

"저…… 집에 있는 개들을 입양 보낼까 해서요. 혹시 입양

할 사람을 연결해 주실 수 있을까요?"

"최악의 부탁이구나."

"어려운 일인 건 알아요."

"내 말은 질문의 질이 아주 나쁘다는 뜻이야. 내가 만약 거절한다면 나쁜 수의사가 되는 셈이지. 그게 마음에 안 들어."

나는 원장이 어떤 말을 하든 마음을 바꿀 수 있도록 간절하게 부탁해야겠다는 생각만 했다.

"개들에게도 영혼이 있다는 걸 아시잖아요."

"그런 얘기는 이제 그만하자."

"제 상황을 알면 생각이 달라지실 거예요."

"난 지금 네 문제가 아니라도 돌봐야 할 개들이 아주 많아. 한가하게 유기견 입양 문제에 끼어들고 싶지 않구나."

재수때기 원장은 귀찮다는 듯이 말했다. 이대로 물러설 수 없어 아빠 이야기를 꺼냈다. 원장의 마음을 돌리기 위한 마지막 카드였다.

"돌아가신 아빠가 이런 말을 했어요. 하찮은 동물도 죽을 땐 절규를 한대요. 그래서 지능이 뛰어난 개들이 억울하게 죽으면 그 영혼이 사람들 머릿속으로 들어와서 영향을 미친대요. 너무 무섭지 않아요?"

아빠가 하지도 않았던 말들을 술술 지어냈다. 사실 아빠는 개 따위에 관심도 없었다.

"난 하나도 무섭지 않아. 그 말이 너희 아빠 유언이니?"

"유언은 아니고요. 평소 생각이 그랬다고요."

"아빠가 불교 신자였나 보구나. 근데 난 생각이 달라. 영혼 같은 건 없어. 죽으면 끝이야. 인간이 착각하는 게 뭔지 아니? 바로 육신은 죽어도 영혼은 죽지 않는다고 믿는 거야."

망할 재수때기 원장은 끝없이 말꼬리만 잡고 마음을 바꾸지 않았다.

"굉장히 부정적이시네요."

"난 수의사야. 내 손에 죽어간 개들이 얼마나 될 것 같니? 넌 너무 순진해. 모든 걸 포기할 수밖에 없는 상황이 온다는 걸 몰라. 바로 그게 지금인지도 모르지. 네가 할 수 있는 건 유기견 보호소로 개들을 보내는 거야. 그것만이 네가 할 수 있는 최선이야."

원장은 얼굴빛 하나 변하지 않고 냉정하게 말했다. 마지막이라는 심정으로 가방에서 "사지 말고 입양하세요"라는 글이 적힌 전단지를 꺼냈다.

"그럼 마지막으로 부탁 하나만 들어주세요. 정말 아주 작은 일이에요. 이거 유기견 입양 전단지인데…… 유리문에 일주일만이라도 붙여주세요."

원장은 잠시 내 손에 있는 전단지를 힐끗 보더니 이내 말을 꺼냈다.

"이런 건 나한테 줘봤자 쓰레기일 뿐이야. 너 눈이 있으면 저길 좀 봐."

원장이 손가락 끝으로 가리키는 곳을 봤다. 안쪽 구석에 케이지가 보였고 그 안에 몰티즈, 푸들, 비글 등 강아지들이 꼬물거리고 있었다. 그동안 병원을 들락거리면서도 그곳에 강아지들이 있다는 사실은 까맣게 몰랐다.

"병원에서 갓 태어난 강아지도 판다는 걸 몰랐니? 성견을 무료로 입양 알선했다가는 배곯기 딱 좋지. 선한 일이 누군가에게는 피해를 준다는 사실도 알아야 하지 않을까?"

"몰랐어요. 강아지가 있는지……."

"여기까지 찾아와서 어려운 부탁을 했는데 미안하구나."

결국 재수때기 원장을 설득하는 데 실패하고 말았다. 더는 조르지 않기로 했다. 손에 쥔 전단지를 진료대 위에 올려두고 일어섰다. 아마 내가 나간 후에 구겨서 쓰레기통에 던져버리겠지만 한 가닥 희망을 품고 싶었다. 유리문을 열고 동물병원에서 나오는데 뒤에서 원장 목소리가 들렸다.

"이주노! 너 혹시 김호영이라고 아니? 2학년 5반 반장인데……."

"지난번에도 물어봤잖아요. 똑같은 질문을 왜 자꾸 해요! 모른다고요!"

원장의 집요한 물음에 화가 나 소리를 질렀다. 유리문을 확

열고 나오면서 다시 한번 원장을 노려보았다. 왜 저 재수때기는 나만 보면 아들 생각이 나는지 모르겠다. 만약 호영이와 같은 반이라고 하면 원장이 선뜻 개들의 입양을 도와줄까.

정말 돌아버릴 지경이었다. 아무리 생각해도 우리 집 사정을 누군가가 알게 된다는 게 께름칙했다. 더구나 버스에서 산다는 사실을 반 아이들이 알게 된다면 웃음거리밖에 되지 않을 것이다. 무언가를 숨긴다는 건 확실히 쉬운 일이 아니었다.

2교시 국어 시간에 담임이 칠판에 시를 적었다. 담임은 가끔 문학 작품을 감상한다며 알 수 없는 외국 시를 한 편씩 적곤 했다. 아이들은 시험에 나오지도 않는 쓸데없는 것으로 시간을 보낸다며 담임을 못마땅해했다.

너무 작은 심장

장 루슬로

작은 바람이 말했다.

내가 자라면

숲을 쓰러뜨려

나무들을 가져다주어야지.

추워하는 모든 이들에게.

작은 빵이 말했다.
내가 자라면
모든 이들의 양식이 되어야지.
배고픈 사람들의.

그러나 그 위로
아무것도 아닌 것 같은
작은 비가 내려
바람을 잠재우고 빵을 녹여
모든 것들의 이전과 같이 되었다네.
가난한 사람들은 춥고
여전히 배가 고프지.

하지만 나는 그렇게 믿지 않아.

만일 빵이 부족하고 세상이 춥다면
그것은 비의 잘못이 아니라
사람들이 너무 작은 심장을 가졌기 때문이지.

담임은 판서를 끝낸 후 느닷없이 내 이름을 불렀다. 순간 내 귀를 의심했다. 수업 시간에 처음으로 내 이름이 불렸다.

갑자기 머릿속이 멈춘 것 같았다. 담임은 시를 낭송해 보라고 했다. 시를 제대로 낭송해 본 적이 없어 떠듬떠듬 읽었다.

"마지막 연의 '작은 심장'이 뭘 의미하는 건지 말해봐."

시를 읽으라는 것도 부족해 이제는 질문까지 했다. 존재감이 없던 나로선 담임의 관심이 달갑지 않았다.

"작은 심장요? 작은 심장. 그건, 음…… 그러니까……."

머릿속에서는 뜨겁게 벌떡이는 붉은 심장만 떠올랐다.

"그러니까 작은 심장이 뭐냐고."

담임이 대답을 재촉했다.

"그건…… 사람들의 심장이…… 기형이라는 거……."

내가 이렇게 말하자 갑자기 아이들이 책상을 치며 와하하하고 웃었다.

"이 자식 봐라. 너 예습 안 했어?"

며칠 전 시가 적힌 프린트물을 나눠준 게 기억났다. 하지만 받자마자 책상 서랍에 넣어두고 다시 꺼내 보지 않았다.

"예습 안 했는데요."

"왜 예습을 안 해! 이유가 뭐야?"

"어…… 예습을 많이 하면 상상력이 없어져요."

아이들이 또다시 크게 웃어댔다.

"뭐? 상상력이 없어져? 네가 예술가야, 뭐야?"

담임은 내 대답이 마음에 들지 않는지 끊임없이 말꼬리를 물고 늘어졌다. 나도 담임에게 지지 않고 말도 안 되는 답을 해댔다. 단 한 번도 예술가가 되려고 한 적이 없었다. 그런데도 생각이 저 혼자 거침없이 달려나갔다.

"예습한답시고 책과 참고서를 보면 답을 달달 외울 수 있잖아요. 그럼 상상력이 없어지고……."

"얼씨구? 그래서 네 성적이 그 모양인 거야. 정신 차려! 여긴 대한민국 학생이라면 누구나 들어오고 싶어 안달 난 학교, 특목고 최다 합격을 자랑하는 신운중학교라고! 너 같은 녀석 때문에 이 명문 학교가 망신을 당하는 거야, 알겠어?"

담임이 내지르는 소리가 귓가에서 쉭쉭거리며 흩어졌다. 담임은 또 내게 모멸감을 주었다. 심장이 미칠 것 같이 졸아들었다. 이런 게 바로 작은 심장이라고 외치고 싶었다. 담임은 죽었다 깨어나도 이런 마음을 이해할 수 없겠지.

'나쁜 놈! 모르는 게 뭐 죄라고 자존심까지 박박 긁어.'

담임은 자신을 대한민국 최고의 선생이라 착각하고 있는데, 절대 인정할 수 없었다. 특목고 최다 합격의 비결은 학부모들의 두둑한 지갑과 실력 있는 학원 강사들 때문이라는 걸 모두가 아는데 담임 혼자만 모른다. 자신의 힘으로 아이들이 우등생이 된 것처럼 말할 때 정말 토할 것 같았다.

내가 볼 때 담임은 최악의 선생이다. 학생의 마음도 모르는 벽창호에다 입만 열면 자기 자랑을 해대느라 시간 가는 줄 모른다. 조기 축구회에서 득점왕을 했다느니, 대학을 수석으로 입학했다느니, 왕년에 여자들을 많이 울렸다느니, 정말 하나도 믿을 수 없는 말들로 자신을 포장했다. 내 눈에 담임은 그냥 돌고 도는 팽이였다. 팽이는 아무 생각 없이 돌기 때문에 자신이 팽이라는 사실도 모른다.

"내가 거금 들여 해금까지 사다 바쳤으면 감동하는 척이라도 해야지?"

쉬는 시간에 사물함을 정리하는데 강효재의 목소리가 내 귀에 꽂혔다. 뒤를 돌아보니 강효재가 예지 앞에 서서 시비를 걸고 있었다. 나는 사물함을 도로 닫고 강효재를 쳐다봤다.

"해금 때문에 이러는 거면 도로 돌려줄게."

예지는 단호하게 말했다.

"어, 그렇게 나오시겠다? 난 해금 켤 줄 모르니 도로 깨버려야겠네."

강효재는 점점 더 심술궂게 굴었다. 더는 두고 볼 수 없어 강효재 앞으로 다가갔다.

"강효재, 그만해!"

"뭐야, 이 새낀?"

"황예지 그만 괴롭히라고!"

"아, 네가 황예지랑 그렇고 그런 사이라는 거지? 야, 너희 혹시 이주노 어디 사는지 알고 있냐?"

강효재가 반 아이들을 둘러보면서 큰 소리로 말했다.

"버스에 사는 거지새끼라는 거 내가 이 두 눈으로 똑똑히 봤지. 예전에 버스 종점이었던 데서 꾸물꾸물 나오는 폼이 수상해서 가봤더니, 웬 아줌마가 '주노 지금 라면 사러 갔다'라고 하더라. 알고 보니 공터에 버려진 버스가 이 새끼네 집인 거야! 더 웃긴 게 뭔 줄 아냐? 더러운 개새끼들까지 공터에 득실득실하더라. 너 위장전입 한 거 헛소문 아니지?"

강효재는 교활하게 웃음을 흘리며 말했다. 들키고 싶지 않은 비밀이 한순간에 까발려졌다.

"저 망할 자식."

입술을 꽉 물었다. 강효재는 기세등등하게 반 아이들에게 내 비밀을 폭로해 버렸다. 내 주위로 몰려들었던 아이들의 얼굴이 일제히 굳어졌다. 아이들의 수군거림이 귀에 들려왔다. 명확히 들리진 않았지만 무슨 말을 주고받는지 짐작할 수 있었다.

버스에서 사는 놈, 집도 없는 놈, 가난한 놈. 아이들의 머릿속에 무수히 많은 단어들이 돌아다니고 있을 테지.

이제 내 이름 앞에 '버스에 사는 놈'이라는 수식어가 붙었다. 왠지 나는 그들의 바람대로 그렇게 불려야만 할 것 같았다. 어쩌면 평생 버스에 사는 놈으로 기억될지 모른다. 그들이 붙여 준 이름대로 나는 영원히 버스에서 살 것만 같아 두려웠다.

가장 먼저 예지 쪽으로 눈을 돌렸다. 나와 눈이 마주치자 예지의 눈빛이 잠시 흔들렸다. 분명 예지는 당황한 듯했다. 버스에 사는 건 맞지만 위장전입은 억울했다. 그것만이라도 제대로 해명하고 싶었다.

"위장전입은 아니야! 그건 너희가 잘못 안 거라고!"

목소리가 어느새 떨리고 있었다. 어눌하더라도 진실을 말해야 했다. 속이 바짝 타들어 가서 꼭 죽을 것만 같았다.

"야, 이주노! 똑똑히 들어. 종점에서 사는 놈은 절대 이 학교로 배정 못 받거든? 우리 학교에 너 같은 새끼가 있다는 게 창피하다 창피해. 거지새끼야!"

"강효재! 그만 좀 하지? 좋은 말로 할 때 입 다물어!"

누군가 뒤에서 소리를 질렀다. 반장 호영이였다. 바로 주먹이 날아갈 줄 알았는데 웬일인지 강효재는 호영이를 보며 씩 웃고는 제자리로 돌아갔다.

눈앞에서 교실이 뱅뱅 돌고 반 아이들의 눈이 세모로 길게 찢어져 보였다. 지금 이 순간이 내 생애 어떤 순간보다 길게 느껴졌다. 빙 둘러선 아이들 사이를 헤치며 교실을 나오려는데 누군가 내 등을 톡톡 쳤다.

"야, 괜찮아?"

뒤돌아보니 호영이가 날 안쓰러운 눈빛으로 쳐다봤다. 내가 세상에서 가장 싫어하는 동정의 눈빛이었다. 호영이의 말을 무시하고 교실 밖으로 뛰쳐나와 비상계단 쪽으로 앞만 보며 달렸다. 악을 쓰고 발을 동동 구르고 싶을 만큼 힘들었다. 난 잘못한 게 하나도 없는데 자꾸만 모멸감을 느끼게 만드는 이놈의 학교를 당장 때려치우고 싶었다.

반 아이들이 내가 버스에서 산다는 걸 알아버렸다. 버스에 사는 놈을 처음 본다는 듯 아이들은 날 괴물처럼 쳐다봤다. 믿기지 않는다는 표정이었다. 나는 그동안 아이들이 괴물인 줄 알았다. 그런데 알고 보니 괴물은 바로 나였다.

내게는 애초부터 희망이란 단어가 없었다. 모든 걸 잃어버리려고 태어났다는 생각밖에 들지 않았다. 아빠를 잃었고, 집을 잃었고, 이제 친구까지 잃어버릴 차례다. 더구나 길 위에서 있는 버스에서조차 당장 쫓겨날 처지다.

무언가를 잃어버린다는 건 몸이 부서지는 것과 같다. 엄마는 가끔 이런 말을 했다.

"사는 게 벌이야!"

처음에는 그 말이 무슨 뜻인지 몰랐다. 사는 게 정말 벌을 받는 것이라면 도대체 내 죄가 무엇인지 곰곰이 생각해 봤다. 엄마 말을 듣지 않고 말대꾸한 일, 주디와 싸우다가 주먹을 날린 일, 수업 시간에 멍하니 딴생각한 일, 새우를 함부로 대했던 일, 이런 게 모두 죄일까? 나도 엄마처럼 마음이 바다 밑으로 쑥 가라앉을 것만 같아 머리가 혼란스러웠다.

버스로 돌아와 보니 엄마가 주방 가위를 들고 주디의 앞머리를 자르고 있었다. 주디는 엄마의 가위질 솜씨가 불안한지 손톱을 물고 잘근거렸다. 가방을 선반 위에 올려두고 옷을 갈아입었다. 마음이 뒤숭숭해서 한마디도 꺼내지 않았다.

"너 표정이 왜 그래? 꼭 똥 쌀 표정이야."

엄마는 내 마음을 훤히 들여다본 사람처럼 말했다.

"혹시 애들한테 버스에 사는 거 들켜서 그래? 며칠 전에 친구들이 버스로 찾아왔더라. 난 네가 말한 줄 알았지."

엄마는 아무 일도 아니라는 듯 무심하게 말했다.

"버스에 사는 게 뭐 자랑이라고 말을 해!"

나는 소리를 꽥 질렀다.

"아, 깜짝이야! 아니면 아니지 왜 소릴 질러."

"나 건드리지 마! 지금 말할 기분 아냐."

가슴속에서 뭔가 욱하고 치밀어 올랐지만 참기로 했다. 엄마가 주디의 머리를 자르고 있지만 않았어도 한판 붙고 싶은 심정이었다. 엄마는 아주 조심스러운 손놀림으로 가위질을 했다. 내가 한마디만 더 한다면 저 가위로 주디의 머리를 싹둑싹둑 몽땅 잘라놓을지도 몰랐다.

"은행 옆 미용실에 가면 이천 원으로 앞머리만 깨끗하게 자를 수 있어."

엄마가 어설프게 가위질하는 모습이 답답해서 볼멘소리로 말했다.

"그럴 돈 있으면 엄마 좀 줘봐. 엄마 손이 가위 손이잖아. 뭐 하러 미용실에 가서 돈을 써."

엄마는 삼십 센티미터 자를 앞머리에 대면서 머리를 잘라 나갔다. 그런 궁색한 모습을 보고 있자니 자를 빼앗아서 버스 밖으로 내동댕이치고 싶었다.

잠시 후 엄마와 주디가 다투는 소리가 났다. 아마도 머리를 잘못 자른 게 분명했다. 저런 한심한 모습을 밥통들에게 들키고 말았다고 생각하니 견딜 수가 없었다. 이대로 있다가는 꼭 심장이 터질 것 같아 도저히 버스에 있을 수 없었다.

개들을 묶어둔 곳으로 천천히 다가갔다. 사료와 물을 주니 다들 며칠간 굶은 것처럼 게걸스럽게 먹어치웠다. 대박이는 여전히 다른 개들을 위협하며 사료를 독차지하려고 으르렁댔다. 옆에 놓인 막대기로 툭툭 쳐서 대박이를 따로 떼놓았다.

대박이가 멀어진 사이 다른 개들은 사료를 먹느라 정신이 없었다. 그들 틈에서 일자로 몸이 축 늘어진 새우가 보였다.

새우는 또다시 며칠째 움직임이 없었다. 바짝 야윈 몸이 뼈만 남은 듯 앙상했다. 어젯밤에는 숨을 가쁘게 몰아쉬는 모습이 안쓰러워 엄마와 내가 번갈아 가슴을 문질러줬다. 나는 간이 의자에 앉아 새우를 불렀다.

"새우야!"

대답이 없어서 다시 한번 조심스레 불러보았다.

"새우야……."

새우는 내 목소리에 힘겹게 눈을 뜨더니 힘없는 몸을 간신히 일으켜 한 걸음 두 걸음 내 쪽으로 비척거리며 걸어왔다. 아주 느렸지만 분명 새우가 몸을 일으켜 내게 다가오고 있었다. 잠시 후 새우는 내 발치에 다가와 간신히 몸을 뉘었다.

"너…… 힘들구나?"

새우의 여린 몸을 들어 올려 살며시 내 볼에 가져다 댔다.

"새우야……."

직감적으로 새우의 숨소리가 끊어졌다는 걸 알 수 있었다.

갑자기 목이 메었다. 새우는 자신의 숨이 곧 끊어질 것을 알고 온 힘을 다해 내게로 와서 마지막 인사를 하고 숨을 거뒀다. 눈물이 볼을 타고 흘러내렸다. 저 작은 심장이 헐떡거리며 죽을 힘을 다했다는 게 참을 수 없이 미안했다. 새우의 몸은 뜨겁지도 차갑지도 않았다.

내가 지금 할 수 있는 일이 뭘까 아무리 생각해 봐도 머릿속은 깜깜하기만 했다. 싸늘하게 식어가는 새우를 가슴에 안고 그렇게 한참을 그 자리에 앉아 있었다.

혼자가 아니야

월요일 아침, 오늘따라 가방이 무거웠다. 밤새 잠을 뒤척이는 바람에 늦잠을 잤다. 그 일로 아침부터 엄마에게 잔소리를 들었다. 학교를 빠질까 하는 생각이 등굣길 내내 떠올랐다. 그중에서도 가장 마음에 걸리는 건 예지였다. 예지에게만큼은 못난 놈으로 기억되고 싶지 않았다.

교실에 들어서자 자습 중이던 아이들이 곁눈질로 나를 힐끗거렸다. 교실은 어느 때보다 조용했지만 수십 개의 눈동자가 나를 보며 낄낄거리고 비웃는 것 같아 얼굴이 뜨거웠다. 내 신세가 꼭 거미줄 안에 갇힌 벌레 같았다. 아이들의 시선을 외면하고 나는 고개를 빳빳이 들었다.

'버스에 사는 게 어때서? 집이 없는 게 죄야? 가난해서 애들한테 피해를 줬냐고! 이주노, 너 위장전입 했어? 안 했잖아. 떳떳하고 당당해야지. 겁낼 것 없다고!'

온갖 말들이 뒤섞여서 머릿속이 혼란스러웠다.

"이주노! 넌 밤새 뭐 하고 아침부터 조는 거야! 주머니에 있는 거 꺼내봐!"

눈을 떠보니 담임의 성난 얼굴이 보였다. 지난번에 엄마 담배였다고 말하며 해명했는데도 여전히 담임은 의혹을 거두지 않았다. 이게 다 좁은 버스에서 줄담배를 피워대는 엄마 탓이었다. 그놈의 담배 냄새가 옷에 배어 흡연 학생으로 낙인 찍혀 버렸다.

나는 교복 주머니에 손을 넣어 속단을 뒤집어 보였다. 텅 빈 주머니를 확인한 담임은 그제야 내 자리를 떠났다.

특별활동이 끝난 후 창가에 우두커니 서서 운동장을 내다봤다. 초록색 인조잔디가 깔린 운동장 위에서 아이들이 활기찬 얼굴로 축구를 하고 있었다. 난 이제 무엇을 어떻게 해야 할까.

"이주노, 너 왜 아는 척 안 해?"

뒤를 돌아보니 예지였다. 평소와 다름없는 얼굴로 날 바라봤다. 예지를 보자 가슴에 쌓아두었던 무거운 기분이 순식간에 날아간 듯했다.

"아는 척 안 한 건 너야. 난 기분이 안 좋아서 혼자 조용히 있었을 뿐이야."

나는 무뚝뚝하게 말했다.

"너 때문에 그날 한숨도 못 잤어."

"왜? 버스에서 산대서 충격받았어?"

자포자기한 심정으로 내가 먼저 그 이야기를 꺼냈다.

"그래, 맞아."

예지는 부정하지 않았다.

"그랬구나."

나는 정말 별일 아니라는 듯 담담히 대꾸했다.

"난 네가 이해가 안 돼."

"이해하지 마. 너 같은 애가 이해할 수 있는 게 뭐 있겠니."

"뭐가 그렇게 당당해?"

예지의 눈빛이 점점 더 깊어지고 있었다.

"지금 동정하는 거야? 그러지 마라. 난 뭣보다 동정이 제일 싫다고."

"동정 아냐. 그냥 넌 내가 이해 못 할 대단한 애야. 나 같으면 버스에서 단 하루도 못 살아. 아마 학교도 벌써 때려치웠을 거야. 더구나 이런 돼먹지 않은 애들이 득실거리는 학교라면 말이야."

예지는 뭔가 대단한 걸 발견한 아이처럼 굴었다.

"솔직히 그냥 실망했다고 해. 난 상관없어."

"너한테 뭔가를 기대한 게 아니라서 실망할 것도 없네, 뭐. 어차피 사람은 완전 솔직할 수는 없어. 나도 너한테 말 안 한 게 있다고."

"헷갈리게 하지 마. 너 혹시 비닐하우스에 산다, 뭐 이런 얘기 하려는 거 아니지? 저번에 너희 집 같이 갔었잖아."

예지는 내 말에 기가 막힌다는 표정을 지으며 깔깔댔다.

"사실 우리 부모님 나 초등학교 6학년 때 이혼하셨어. 그러고 일 년도 안 돼서 엄마가 학교 앞으로 찾아왔지. 마침 엄마가 너무 그리워서 눈물이 날 지경이었거든. 엄청 반가워서 후다닥 달려갔는데 엄마가 나한테 청첩장을 내밀더라. 그걸 딱 보니까 오만 가지 생각이 다 드는 거야. 근데 그냥 가식적으로 덕담이나 했어. 나는 엄마가 행복한 게 좋다고."

그때가 떠올랐는지 예지는 잠깐 말을 멈추었다.

"집으로 오는 길에 청첩장은 찢어서 쓰레기통에 버렸어. 물론 식장도 가지 않았지. 엄마가 신부 화장 곱게 하고 낯선 아저씨랑 팔짱 끼고 있는 꼴은 죽어도 못 보겠더라. 이상한 건 엄마가 그저 재혼했을 뿐인데 허전하고 외로운 거 있지. 해금은 엄마가 그리울 때 습관처럼 켜던 거야."

예지는 담담하게 마음을 털어놓았다.

"너도 말 못 할 일들이 많았네."

운동장을 바라보는 예지의 모습이 어쩐지 쓸쓸해 보였다. 역시 겉모습만으로는 사람을 다 알 수 없었다. 예지의 이야기를 듣는 동안 서운했던 마음이 어디론가 사라졌다.

"예지야, 너 개 한 마리 키우지 않을래?"

"개?"

"너한테 딱 어울리는 개가 있는데……."

"진짜?"

"우리 엄마 취미가 개 수집이거든."

"강효재가 말하던 개들 말이니?"

"응, 모두 주인한테 버림받은 애들이야. 입양할 사람을 찾는 중인데 네가 입양 1호가 되어주면 땡큐지."

"그럼 이번 주 토요일에 개 보러 가도 돼?"

개 이야기를 하자 예지의 얼굴이 환하게 바뀌었다.

"예지야, 넌 역시 내 베프야!"

"누구 맘대로 베프래?"

"베프가 무슨 뜻인지 몰라? 많이 베풀라고 해서 베프야."

"말도 참 잘 지어 붙인다. 네 맘대로 하세요."

예지가 날 바라보며 크게 웃었다.

수업이 끝나고 교실을 나가려는데 호영이가 다가왔다.

"이주노, 너 우리 축구부 들어와라."

"축구부?"

"그래, 희재가 호주로 유학 갔잖아. 그래서 한 자리가 비거든. 희재 그 자식이 중앙수비수 역할은 진짜 잘했는데……."

"내가 들어가도 돼? 가입 기준이 만만찮다고 하던데……."

"기준은 무슨, 그거 다 헛소문이야. 체육 시간에 보니까 너 제법 빠르던데?"

호영이의 축구부 가입 제안은 솔깃한 이야기였다. 그러나 갑자기 왜 그런 호의를 베푸는지 의심스러웠다. 더구나 축구부원들은 나와 태생이 다른 아이들이었다. 버스에 사는 괴물 같은 놈한테 호기심이 생긴 걸까.

"너 지금 버스에 사는 놈이라고 나 동정하는 거야?"

"뭐? 이주노, 너 그 정도밖에 안 돼? 각자 사정은 있는 법이야. 뭘 그렇게 꼬아서 생각해! 넌 그냥 다른 애들이랑 똑같이 우리 반이라고. 축구할 생각 있으면 내일부터 점심 먹고 운동장으로 나와."

"나 그렇게 호락호락한 놈 아니다. 마음 맞는 너네끼리 해."

나는 단호한 어투로 거절 의사를 전하고 교실을 빠져나왔다. 그래도 호영이의 제안이 그렇게 기분 나쁘지만은 않았다. 그저 우리 반 반장일 뿐이라고 생각했는데 어딘가 남다른 구석이 있는 녀석이었다.

문득 원장이 머리에 스쳤다. 새우를 쓰다듬던 마지막 날이 떠올라 마음이 시려왔다.

토요일 오후, 예지가 버스로 찾아왔다. 마침 엄마는 주디를 데리고 외출해서 버스에는 아무도 없었다. 예지는 버스 안이 궁금한지 호기심 어린 눈으로 기웃거렸다.

"거의 염탐 수준이네."

"이게 뭐 염탐이냐? 허락 맡고 보는 건데."

"내 팬티 보여주는 느낌이다."

"넌 팬티가 버스냐?"

"말이 그렇다는 거야. 에이, 빨리 나와."

내 재촉에 예지는 마지못해 버스에서 내렸다. 예지는 밖으로 나온 후에도 화장실은 어디로 가는지, 물은 어디서 가져오는지 꼬치꼬치 캐물었다. 지난번 은행에서 만났던 일을 말했더니 예지는 배를 잡고 한참이나 웃어댔다. 어쨌든 우리는 이제 서로에게 비밀이 없어졌고 더 친숙해진 기분이 들었다.

개들이 모여 있는 공터 구석으로 다가가자 개들이 예지를 보고 짖기 시작했다.

"워워."

예지가 개들을 다독였다. 그리고 한 마리씩 머리를 쓰다듬어 주었다. 개들은 금방 경계를 풀고 예지의 손길을 기다렸다.

"신기해. 이 개들이 다 너희 개야?"

"솔직히 말하자면 우리 개라고 할 순 없어. 그냥 어쩔 수 없이 키우는 거지"

"엄마 때문이라고 했지? 근데 너희 엄마 좋은 일 하신다."

"좋은 일?"

"그래, 아무나 유기견을 키우진 않으니까. 정말 훌륭한 일을 하시는 거지."

"네 눈에는 훌륭해 보일지 몰라도 내 눈에는 아니야."

"근데 이 개들은 누가 다 버린 걸까?"

"병들어서 버리고 귀찮아서 버리고, 집이 답답해서 가출한 애도 있지 않을까?"

"버려진다는 건 슬픈 일인데……."

개들을 바라보는 예지의 얼굴빛이 잠시 어두워졌다.

"근데 너네 집에서 개 키울 수 있어?"

"아빠가 개를 좋아하거든. 실은 나 어릴 때 키우던 개도 있었어. 한참 전에 무지개다리 건너서 기억도 안 나지만……."

"믿을 만한 입양자네."

"이제 알았어? 나 동물 애호가야."

"엄친딸이 동물 애호가라니. 그럼 우리 개들 좀 다 데려가면 안 될까?"

"나도 너처럼 집에서 쫓겨나라?"

예지는 날 바라보며 장난스럽게 웃었다. 예지는 그날 오후까지 공터에서 개들을 돌봤다.

예지가 집으로 돌아간 후 나는 엄마에게 입양 이야기를 꺼냈다. 엄마는 예지가 개를 입양한다는 사실에 팔짝팔짝 뛸 듯이 기뻐했다. 기다린 보람이 있다며 나머지 개들도 분명히 새 주인이 나타날 것이라고 기대하는 눈치였다.

쓸데없는 기대감을 높여준 것 같아 걱정이었지만 엄마의 기분을 망치고 싶지 않아 부정적인 말은 하지 않았다. 엄마는 입양에서 한 단계 더 나아가 장난스러운 질문까지 했다.

"너, 예지 좋아하지?"

"갑자기 무슨 소리야!"

"바른대로 불어라! 이주노, 저 개들의 임자는 나거든."

"그래서 뭐 어쩔 건데?"

"솔직하게 인정해야 줄 거야."

"그래! 좋아해, 좋아한다고! 이제 됐어?"

"그럼 데려가서 선물로 줘. 근데 제대로 안 키우면 다시 데려온다고 꼭 전해."

"그게 무슨 똥배짱이야!"

엄마의 눈에도 내가 예지를 좋아하는 게 보이나 보다. 사랑과 재채기는 숨길 수 없다는 말이 떠올랐다.

굴욕의 시간

"주노야, 개 입양 보내는 거 엄마한테 이야기해 봤어?"

점심시간이 끝날 무렵 예지가 물어왔다.

"응, 허락받았어. 이번 주 토요일에 데려다줄게."

"와! 드디어 애견인 됐네."

그때 밥통들이 나와 예지 주변으로 모였다.

"그럼 죽여주네. 이주노, 이리 와봐. 좋은 거 보여줄게."

강효재를 무시하고 빠져나가려 했다. 그러자 밥통 하나가 팔을 붙잡아 끌었다. 그러고는 휴대폰을 내 얼굴 가까이로 들이댔다. 예지는 놀란 눈으로 내 뒤로 물러섰다.

"야, 이거 귀한 야동인데 보내줄까?"

"필요 없어. 치워!"

"이 자식, 아직도 정신 못 차리고 거만하게 구네. 버스에 사는 주제에."

"버스에 사는 게 어때서?"

예지가 눈을 부릅뜨며 강효재를 향해 쏘아붙였다.

"이야, 무섭네. 끼리끼리 잘 놀아라."

강효재는 야비한 눈으로 날 내려다봤다.

"근데 둘이 연애하냐? 벌써 야동 한 편 찍은 거 아니야?"

"야! 너 말 다 했어?"

"그래, 다 했다면 어쩔래? 거지새끼야."

강효재는 휴대폰으로 내 턱을 툭툭 쳐대며 깐족댔다. 마침 수업 종이 울리자 밥통들이 우르르 흩어졌다. 강효재도 나를 한번 째려보더니 교실로 들어갔다.

나는 그 순간을 놓치지 않고 강효재의 뒷덜미를 와락 움켜쥔 다음 확 잡아당겼다. 그러고는 얼굴 쪽으로 주먹을 한 방 날렸다. 느닷없이 날아오는 주먹에 강효재가 복도로 나가떨어졌다. 바닥에 주저앉은 강효재에게 다시 한번 주먹을 날리려는 순간이었다.

"이게 무슨 짓들이야?"

다음 수업을 하러 온 도덕 선생님이 호통을 쳤다. 나는 여전히 분이 풀리지 않아 다시 강효재의 멱살을 잡아끌었다.

"너 깡패야!"

도덕 선생님이 내 오른팔을 잡으며 버럭 고함쳤다.

"놓으세요! 이 자식은 더 맞아야 해요."

"이주노! 너 그 손 놓지 못해!"

도덕 선생님의 호통이 복도에 울렸다. 이번 기회에 강효재 버릇을 단단히 고쳐주고 싶다. 학교가 이런 자식을 그대로 놔둔다면 나라도 확실하게 버릇을 고쳐놓고 싶었다. 강효재가 눈을 부라리며 내 멱살을 잡았지만 선생님이 말리는 바람에 놓을 수밖에 없었다. 강효재는 씩씩거리며 분하다는 듯 입술을 깨물었다.

결국 나와 강효재는 수업 시간 내내 복도에서 벌서게 됐다. 창문 너머로 들려오는 도덕 선생님의 목소리는 전혀 귀에 들어오지 않았다. 머릿속에는 오직 강효재에 대한 분노뿐이었다. 세상에서 가장 끔찍한 놈과 나란히 서 있다니. 도덕 수업은 아주 지루했고 어느 때보다 더 길게 느껴졌다.

도덕 선생님을 따라 교무실로 갈 각오를 하고 있었다. 그러나 수업이 끝난 후에도 선생님은 우리 둘에게 주의만 준 채 문제 삼지 않았다.

방과 후 교문을 나서는데 누군가 내 어깨를 잡아챘다.

"체육관 뒤로 와라."

밥통 패거리 중 하나였다. 체육관 뒤에서 벌어질 일들이 선명하게 떠올라서 놈들과 마주하고 싶지 않았다. 강효재의 보복이 기다리고 있을 게 뻔했다. 그렇다고 도망쳤다가는 일이 커질 테니 이 상황을 피할 수는 없었다.

운동장을 가로질러 체육관 뒤로 가자 예상대로 밥통들이 모여 키득대고 있었다. 강효재가 날 보자마자 느닷없이 주먹을 날렸다. 피할 틈도 주지 않았다. 벼르고 벼른 주먹은 무척 단단했다.

"새끼야, 무릎 꿇어."

난 무릎을 꿇지 않고 강효재를 노려보았다.

"안 꿇어? 할 건 하고 가자."

강효재의 주먹이 다시 오른쪽 뺨으로 휙 하고 날아왔다. 날아오는 주먹에 눈을 질끈 감았다. 볼이 타오를 듯이 뜨거웠다.

강효재는 밥통들에게 눈을 찡긋했다. 그러자 밥통들이 내게 우르르 달려와 배와 등을 마구 쳐댔다. 난 주저앉지 않으려고 비틀거리면서 견뎠다. 그러는 사이 강효재가 내 배에 발길질을 가했다. 그 순간 다리에 힘이 빠지며 바닥에 무릎을 꿇고 말았다. 밥통들이 일제히 낄낄거렸다.

"이렇게 맞고 꿇을 걸 왜 개겨!"

그때 강효재가 주머니에서 뭔가를 꺼내 내게 내밀었다. 무슨 잎사귀처럼 보였는데 강효재는 그걸 말아서 입에 넣고는 질겅거렸다.

“이거 천연 담배인데 한번 씹어볼래?”

나는 고개를 저었다.

“자식 쫄기는. 이래 봬도 이게 버지니아산이야.”

밥통 패거리 한 놈이 강효재가 주는 잎사귀를 받아서 질겅거렸다.

“너 튄다는 게 얼마나 재수 없는 건지 아니? 겁대가리 없이. 버스에 사는 주제에.”

다시 한번 강효재의 주먹이 훅 하고 복부 쪽으로 날아왔다.

“이주노, 너 그거 아냐? 미국에 인종 차별이 있다면 여긴 인간 차별이 있어. 내가 한국으로 돌아왔을 때 기분이 어땠는지 아니? 구명보트를 탄 것 같더라. 여기선 친구들도 많이 꼬이고 내 말을 고분고분 따르는 애들이 천지거든. 근데 넌 뭔가 좀 달라. 널 보면 날 괴롭힌 미국 새끼들이 이해가 되더라고. 그래서 말인데 넌 이 학교에 어울리지 않아.”

말이 끝나자마자 이번엔 주먹이 머리로 휙 하고 날아왔다.

“이건 뭐 고분고분한 것도 아니고 나대기만 해요. 잡초는 밟으면 밟을수록 잘 자라잖아. 그래서 밟는 거야. 알겠어?”

강효재가 비열하게 이를 드러내며 웃었다.

“어때? 너 그만 재고 내 밑으로 들어올래?”

“미친 새끼!”

나는 얻어맞으면서도 강효재를 노려보았다.

"씨발, 좋게 말할 때 들어라. 안 그럼 예지 죽는다."

예지라는 말에 정신이 번쩍 들었다.

"예지 건드리면 너희가 죽을 줄 알아!"

"새끼야, 입 닥쳐! 네가 무슨 힘으로 우릴 죽여. 모든 건 너 하기에 달린 거라고. 크하하."

반항 한번 못 해보고 마지막까지 밥통들에게 밟혔다. 놈들은 분이 풀릴 때까지 얼마간 나를 패더니 이내 사라졌다.

머리는 헝클어졌고 입술에서는 피가 묻어났다. 등에 쇠몽둥이라도 달아놓은 듯 온몸이 무거웠다. 얼굴은 화끈거리고 욱신거렸다. 머리에서부터 발끝까지 성한 곳이 없었다. 밥통들이 떠난 자리는 휑했다. 예지를 위해서라면 기꺼이 맞으리라.

바닥에 누운 채로 하늘을 올려다보았다. 하늘은 참 파랬다. 그리고 눈이 부셨다. 다시금 황금 버스가 눈에 아른거렸다. 무거운 몸을 일으켜 황금 버스에 냉큼 올라타고 싶었다. 이번만큼은 내 마음대로 하고 싶었다. 황금 버스를 타고 하늘을 날아 지구로 절대 돌아올 수 없는 행성으로 달렸으면 했다. 황금 버스 안에서 학교와 버스를 내려다보며 깔깔거리며 비웃고 싶었다. 우주에서 본 학교와 버스는 점 하나도 되지 않을 텐데. 나는 점 하나도 되지 않는 체육관 뒤 구석에서 뻗어버렸다.

황금 버스를 타고 있다면 강효재도 날 만만하게 보지 않겠지. 난 그들에게 아무것도 원하지 않았는데 그들은 나를 짓밟고 흔들고 혐오했다.

하늘을 향해 소리를 질렀다. 나 하나 사라진다 해도 세상은 달라지지 않는다. 내가 만약 죽어서 신을 만난다면 직무유기를 했다고 따질 테다. 하늘에서 나쁜 놈들한테 천벌 내리지 않고 뭐 했냐고.

버스로 돌아온 시간은 이미 해가 진 뒤였다. 공터 담벼락에 붙어 있는 빛바랜 거울에 다가가 얼굴을 살폈다. 입술은 피가 맺혀 부풀어 올랐고 입 안은 감각이 없었다. 이 몰골로 버스 안으로 들어가고 싶지 않았으나 딱히 숨을 곳이 없었다. 나는 구겨진 교복의 주름을 펴고 흙먼지를 털었다.

버스 안으로 들어서자 엄마와 주디는 저녁을 먹고 있었다.

"왜 이리 늦었어? 얼굴 꼴은 그게 뭐고? 옷은 또 뭐 이래?"

"축구했어."

"축구를 얼굴로 했냐? 꼭 어디서 두들겨 맞은 거 같구만. 어서 저녁 먹어."

엄마는 오랜만에 이모 집에 들러 반찬 몇 가지를 가져온 모양이었다. 밥상에 못 보던 달걀 조림이 보였다.

"달걀 조림 맛있어."

주디가 오물거리며 말했다.

"주디, 너 이모 봤지? 고깟 반찬 몇 가지 싸주면서 집으로 들어오란 소린 안 하잖아. 그게 이모야. 반찬 몇 가지로 어물쩍 넘기려는 거 누가 모를 줄 알아."

"우리가 거지야? 이모 집에 들어가게!"

나도 모르게 소리를 질렀다. 엄마는 이모의 고등학교 학비와 전문대 학비를 댔다는 것을 언제나 과시했다. 신세를 진 사람은 꼭 그 은혜를 갚아야 하는 게 도리라고. 그래서 이모가 엄마에게 생활비를 보태준다고 했다.

"너 혹시 누구랑 한판 붙었냐? 왜 집에 와서 성을 내!"

"엄만 몰라도 돼."

"이 녀석이 툭하면 몰라도 된대. 열 달 동안 배 속에 품은 엄마가 모르면 누가 알아? 계속 삐딱선 타면 호적을 팔 테니 조심해."

"나랑 생각이 같네. 호적에서 제발 좀 지워줘. 잘됐네."

나도 엄마 말에 어깃장을 놓으며 맞받아쳤다.

"야! 이주노, 너 말 다 했어?"

"내가 자진해서 파는 수가 있어. 그러니까 툭하면 호적을 팔 거란 소리 좀 그만해."

"아! 저게 진짜……."

엄마는 더는 말을 잇지 못했다. 만약 다음 생에 엄마를 선택할 수 있다면 나는 절대 지금의 엄마를 선택하지 않을 것이다. 내 앞에 있는 엄마는 지금 단 한 번뿐이니까 참는다.

밤이 되자 온몸에 불이 난 듯 욱신거렸다. 두 팔로 몸을 감싸며 끙끙댔다. 이대로 당할 수만은 없었다. 강효재가 무지막지한 힘을 가지고 있긴 하지만 분명 약점이 있을 것이다. 언젠가 제대로 한 방 날릴 날이 올 것이다.

어떻게 하면 강효재에게 한 방 먹일 수 있을까 고민하다가 결국 주짓수 체육관을 찾아갔다. 한동안 아르바이트할 거리가 없어서 오랜만에 들렀는데 관장님이 무척 반갑게 맞이했다.

"어, 주노! 어서 와. 마침 부르려고 했는데 잘됐다. 알바하러 왔지?"

"아, 아뇨. 운동 좀 배울 수 있을까 해서요."

"그래? 그러고 보니 몰골이 말이 아니네. 저번보다 더 엉망인데?"

"일이 좀 있었어요. 저…… 관장님. 제가 형편이 어려워서 체육관비를 낼 돈이 없거든요……. 저번에 말씀하신 대로 기술만 몇 개 알려주시면 안 될까요?"

혹시 관장님이 거절하면 어떡하나 싶어 조마조마한 마음으로 말했다.

"그럼, 당연히 되고말고. 네 덕분에 관원도 많이 늘었는데 내가 그 정도도 못 해주랴? 내 특별히 한 달간은 공짜로 가르쳐 줄게. 바짝 속성으로 배우면 기본은 할 수 있을 거다."

체육관에 매번 전단지나 받으러 잠깐 들렀는데 구석구석을 찬찬히 둘러보니 감회가 새로웠다. 곧 수업이 있어서 그런지 체육관 안으로 사람들이 계속 들어왔다. 또래로 보이는 아이들이 많았는데 다행히 아는 얼굴은 없었다.

"주짓수는 상대를 때리지 않고 제압하는 법을 배우는 운동이다."

"공포를 이기는 방법은 공포 속으로 걸어 들어가는 거야."

"상대의 공격을 기다리지 말고 항상 먼저 움직이도록."

간단한 스트레칭을 하면서 관장님은 주짓수와 관련된 말들을 들려주었다.

곧이어 본격적인 훈련이 시작되었다. 먼저 관장님이 앞에서 기술을 가르쳐 주면 훈련 파트너와 번갈아 가며 한 번씩 연습해 봤다.

"계속 움직여! 디딤 발에 힘을 실으라고!"

관장님은 내게 끝도 없이 소리쳤다. 파트너와 함께 기술을 연습하며 땀을 뻘뻘 흘렸다. 오랜만에 제대로 된 운동을 하니 온몸이 뻐근했다.

"상대를 철천지원수라고 생각하면서 한 걸음씩 당황하지 말고 나아간다. 그렇게 하면 상대를 아주 간단하게 제압할 수 있다."

처음이라 그런지 힘을 제대로 쓰는 법을 몰라서 끙끙댔다. 관장님이 시범을 보여줄 때는 할 만하다고 생각했는데 막상 파트너와 마주하면 머릿속이 새하얘졌다.

"버틸 때는 확실하게 버티고 움직일 때는 확실하게 움직여라! 우물쭈물하다가는 더 크게 당하기 마련이다. 명심해!"

운동을 마치고 공터로 돌아가는데 온몸이 쑤셨다. 갑자기 메시지가 와서 휴대폰을 열어보니 단톡방에 초대됐다. 밥통들이었다.

- 야, 거지새끼! 뭐 하냐? 개밥 주고 있냐?

- 왜 답이 없어? 기껏 단톡방에 끼워줬더니 말이 없네.

- 너 내일 보자. 학교에서 죽을 줄 알아.

온갖 욕과 협박이 난무했다. 대화 내용을 캡처한 후 아무 말 없이 단톡방에서 나왔다.

'상대를 철천지원수라고 생각하면서 한 걸음씩 당황하지 말고 나아간다.'

문득 관장님이 했던 말이 떠올랐다.

"야, 효재가 너 데려오래."

점심시간에 밥통 똘마니로 보이는 아이가 건들대며 다가와 호출을 알렸다. 따라가 보니 학교에서 가장 후미진 곳인 쓰레기 분리수거장에 밥통들이 모여 있었다.

"이주노! 누구 맘대로 문자도 씹고 단톡방도 나가? 이 새끼가 아직도 감이 안 오나 보네."

강효재는 눈을 부릅뜨며 내 멱살을 잡고 흔들었다. 나는 가만히 놈을 노려보았다. 강효재는 나의 철천지원수다. 힘없는 아이들만 골라서 갖은 협박을 하고, 자기 말을 고분고분 듣지 않으면 온갖 방법으로 괴롭히는 아주 질 나쁜 놈이다. 학년이 바뀌고 반이 바뀌려면 아직 반년도 더 남았다. 그 시간을 이렇게 속수무책으로 견딜 수는 없었다.

"이거 놔!"

"야, 이 새끼한테 선물 좀 주자."

강효재가 밥통들을 보며 사납게 말했다. 두 놈이 내 양옆으로 오더니 어깨를 짓누르며 무릎을 꿇렸다. 그러고 다른 놈들이 내게 쓰레기를 던지기 시작했다. 두들겨 맞는 것보다 더 치욕적인 일이었다.

상대는 다섯 명이다. 힘들지만 해야 한다. 이대로 당하고 살 수만은 없다. 담임에게 신고했지만 무시당했고 상담실에도 찾아갔지만 해결되지 않았다. 학교는 언제나 아무 일 없다는 듯이 조용했다.

날아오는 쓰레기가 잠잠해질 즈음 나는 일어나는 척하면서 옆에 놓인 쓰레기봉투를 놈들에게 던졌다.

"씨, 뭐야 이거. 저 새끼가 미쳤나!"

놈들이 옷에 묻은 오물을 털어내고 있을 때 나는 강효재 쪽으로 달려가 힘껏 몸을 부딪치고는 재빠르게 팔을 잡고 뒤로 꺾었다. 강효재가 비명을 지르며 중심을 잃고 휘청였다.

"좋은 말로 할 때 얼른 다 꺼져!"

팔을 뒤로 꺾은 다음 내 몸에 바짝 들이댔다. 강효재의 얼굴빛이 금세 노래졌다. 밥통들이 다가오려고 해서 팔에 더 힘을 주었다.

"야, 이 새끼들아. 내 팔 꺾이는 꼴 볼래? 얼른 꺼지라고!"

강효재의 말에 밥통들이 슬금슬금 뒤로 물러나 흩어졌다.

"이거 놔. 안 놓으면 네가 아끼는 예지 죽을 줄 알아."

수업 종이 울려서 일단 팔을 풀어주었다. 강효재는 헝클어진 교복을 여미고 날 노려봤다.

"너 어디서 호신술 배웠냐? 제법이긴 한데 한번 당해줬다고 우쭐대지 마라. 넌 날 이길 수 없어."

나는 아무 말 없이 강효재를 노려보면서 생각했다. 그래, 넌 계속 그렇게 살아라. 그게 너답다.

수업이 끝나고 공터로 돌아왔는데 메시지가 왔다. 또 강효재였다.

- 야, 황예지 학교 옥상에 붙잡혀 있다. 빨리 날아와라. 만약 안 오면 어떤 일이 벌어질지 기대해.

예지가 밥통들에게 붙잡혀 있다는 말에 손이 부르르 떨렸다. 앞뒤 가릴 것도 없이 버스에서 튀어 나갔다. 다시 학교를 향해 미친 듯이 달렸다. 어쩐지 그냥 넘어간다 싶었다. 분리수거장에서 그렇게 당하고 가만히 있을 녀석이 아니었다.

그냥 맞고만 있을 걸 그랬다는 생각이 들었다. 아까 팔을 꺾은 것 때문에 더 악랄한 방법으로 예지를 괴롭힐 것 같았다.

부랴부랴 옥상으로 올라가서 문을 열고 들어갔는데 이상하리만치 조용했다. 예지는 물론이고 밥통들도 그림자조차 보이지 않았다. 그 순간 메시지가 왔다.

- 너 혹시 옥상이냐? 병신, 열나게 뛰었겠네.

- 진짜 왔다고? 멍청한 놈.

- 진작 좀 하라는 대로 하지. 병신 새끼.

어느새 다시 초대된 단톡방에서 밥통들이 단체로 비아냥거렸다. 온갖 이모티콘을 써대며 낄낄거렸다. 예지의 행방을 알아보지도 않고 급하게 나온 게 잘못이었다. 지금쯤이면 예지는 학원에 가 있을 시간이었다. 아마 놈들은 희희낙락하겠지. 그래, 마음껏 조롱하고 즐겨라. 내게도 분명 기회가 올 테니.

체육관이 열기로 가득했다. 오늘은 대련이 있는 날이다. 도복으로 갈아입고 몸부터 풀었다. 이상하리만큼 긴장감이 감돌았다.

'겁부터 집어먹지 말라니까!'

'공포 속으로 들어가야 이길 수 있다고!'

'상대를 제압하는 게 진정으로 이기는 것이다!'

관장님이 했던 말을 떠올리며 생각을 정리했다. 그때 누군가가 탈의실에서 나왔다. 호영이였다. 우리 반 반장이 내 앞에서 있었다.

"어? 김호영, 너 여기 다녀?"

나도 모르게 소리쳤다.

"어? 이주노, 너도? 난 주말에만 잠깐씩 와서 운동해."

호영이의 등장에 잠시 혼란스러웠다. 게다가 대련 상대라니 이 녀석과는 이상하게 계속 엮였다.

호루라기 소리가 들렸고 관장님이 대련 규칙을 간단히 말해줬다. 우리 둘은 파이팅을 외치며 주먹을 살짝 부딪치고 대련을 시작했다. 서로를 탐색하며 다리를 걸고 팔을 누르고 바닥을 구르며 자신의 기술을 아낌없이 펼쳤다.

호영이는 초반부터 공격적이었다. 내가 조금씩 밀리기 시작했다. 호영이는 거침없이 날 밀어붙여 가드까지 끌고 갔다. 순간 몸이 뒤집힐 뻔했다.

위기다. 몸에 힘이 거의 다 빠졌다. 꼭 이기고 싶었다. 상대를 철천지원수 보듯 하며 기회를 노렸다. 갑자기 호영이의 얼굴이 강효재로 보였다. 버텨야 했다. 나는 죽을힘을 다해 가드에서 빠져나왔다.

"나이스! 잘했어!"

"좋아, 좋아! 무게중심을 낮춰! 그렇지!"

"그래, 들어가자!"

이런저런 응원 소리가 체육관에 울렸다.

'주먹을 쓰지 않고도 네가 강하다는 인상을 줘야 해. 상대에게 공포를 심어줄 수 있는 기술을 쓰라고. 다시는 덤빌 수 없게 제압하는 것, 그게 진정으로 이기는 방법이야.'

대련 전에 관장님이 했던 말들을 떠올리며 수를 보고 있는데 또다시 관장님 목소리가 들려왔다.

"상대의 보이지 않는 곳을 공격해! 허리 뒤쪽을 제압하며 공격하라고!"

천천히 몸을 좌우로 흔들다가 단번에 스윕, 힐훅 성공! 3초, 2초, 1초, 시합 종료.

해냈다! 4점을 따내며 구사일생으로 이겼다. 끝까지 포기하지 않고 기회를 엿본 덕이었다.

시합 종료 후 나와 호영이는 서로를 안으며 다독였다.

"축하해! 주노야, 잘했어!"

"너도 꽤 잘하더라."

호영이는 내게 엄지척하며 탈의실로 들어갔다. 이번에는 관장님이 내게 다가와 등을 두드려주었다.

"네가 이길 줄 알았어."

"진짜요?"

"너한테는 호영이에게 없는 게 있거든."

"뭔데요."

"결핍. 때로는 부족한 게 힘이 될 때가 있어. 너도 커보면 알아. 나도 너만 할 땐 부족한 게 나쁜 건 줄 알았어. 근데 꼭 그렇지만은 않더라."

"저 이러다 싸움꾼 되는 거 아니에요?"

"주짓수는 상대를 때리라는 운동이 아냐. 제압하는 거지. 상대를 이기려면 내가 강해지는 수밖에 없어. 꼭 주먹이 아니라 너만의 방법으로 말이지."

체육관에서 나왔다. 오랜만에 기분이 좋았다. 그동안 관장님에게 까칠하게 굴었던 게 미안했다. 문득 세상은 혼자 사는 게 아니라는 말이 떠올랐다.

공포 속으로

상대의 공격을 기다리지 말라는 말이 계속 머릿속에 맴돌았다. 이대로 있을 수는 없다는 생각에 결국 학교폭력 신고 센터로 전화했다. 상담원은 담당 경찰관이 배정되어 곧 학교로 찾아갈 것이라는 말을 끝으로 상담을 마쳤다.

쉬는 시간이 끝나고 다음 수업이 시작될 무렵 교내 방송에서 내 이름이 불렸다. 교무실로 오라는 호출이었다. 드디어 올 것이 왔다는 생각에 비장한 마음까지 들었다. 내 이름이 방송으로 나오자 아이들이 내 얼굴을 바라보았다. 강효재는 내가 교실을 빠져나올 때까지 밥통들과 장난을 치고 있었다.

복도 끝에 있는 상담실은 해가 들지 않아 어두웠다. 담임의 표정이 그 어느 때보다 무거웠다. 담임은 한동안 교무수첩만 들여다보더니 겨우 입을 열었다.

"왜 이 일을 경찰에 신고했니?"

의외의 말에 가슴이 철렁 내려앉았다.

"선생님을 믿지 못해서요."

"그렇다고 담임인 날 두고 바로 경찰에 신고해?"

"저는 분명히 선생님께 여러 번 말씀드렸어요. 강효재 때문에 힘들다고 했는데 아무런 조치가 없었어요. 저 혼자 할 수 있는 건 다 해봤고요."

담임은 내가 쓸데없는 짓이라도 했다는 듯이 날 책망했다. 예상대로였다.

"이런 중요한 일에 경찰이 먼저 개입되는 건 좋지 않아. 내 선에서 해결할 수 있는 일인데 넌 너무 성급했어. 네가 원하는 대로 학폭위가 열린다. 내일 학부모 회의를 소집하기로 했어."

담임은 피해자인 내가 가해자라도 되는 양 시종일관 냉랭한 태도를 보였다.

"조용하게 끝날 일을 네가 크게 벌인 거야. 내일 엄마 모셔 오도록 해라."

상담실을 나와 교실로 가는 내내 마음이 진정되지 않았다. 꼭 내가 잘못을 저지른 듯했다. 담임은 학생을 보호해야 한다는 사실을 아예 망각한 것 같았다. 교실로 돌아와 자리에 앉으니 예지가 내게 다가왔다.

"조금 전에 경찰이 다녀갔어. 나한테 여러 가지를 묻더라. 사실 난 다른 사람들 눈이 무서워서 용기를 내지 못했어. 공부에 방해된다는 핑계로 그냥 숨기고 싶었거든. 이렇게 되니까 오히려 속이 시원해. 나도 적극적으로 피해 사실을 알릴게. 이건 널 위해서 아니라 날 위해서야."

"내일 학폭위가 열린대. 큰 기대를 하는 건 아니지만 그래도 뭔가 나아지겠지. 어쩌면 반 아이들이랑 더 서먹해질 수도 있어. 나야 어차피 투명인간 취급받으니까 괜찮지만 너는……."

"나도 각오하고 있어."

"고맙다, 예지야."

오후 내내 밥통들이 교실에서 보이지 않았다. 아마도 상담실에서 조사받고 있는 게 분명했다. 학폭위가 열린다고 하니 마음이 착잡했다.

5교시 도덕 시간에 선생님이 동영상을 보여주었다. 학교폭력에 대한 영상이었다. 아마도 학교폭력 전담 경찰관이 다녀갔기 때문인 것 같았다.

"그냥 눈에 거슬렸어요. 행동이라든지 말투, 이런 게 거슬린 거죠."

거슬리는 '그 녀석'을 한 번 두 번 괴롭혀 봅니다. 그런데 딱히 덤벼들지도 않고 슬슬 피하는 그 반응을 재밌어하다가 세 번 네 번 반복적으로 괴롭히기 시작합니다. 여기에 다른 아이들도 가세합니다. 또래 집단 사이에서 비뚤어진 동료애가 발휘되는 겁니다.

인터뷰 내용을 들으며 분노가 치밀었다. 강효재에게 거슬리는 녀석이 바로 나였다. 든든한 뒷배도 없고 가진 것도 없는 아이라서 무력하게 휘둘릴 것이라는 녀석의 판단은 틀렸다.

공터에 들어서자 사람들이 삼삼오오 모여서 버스를 기웃거리고 있었다. 가까이 다가가 보니 은행 쪽 사람들이었다. 그들은 엄마를 빙 둘러 에워쌌다. 더구나 공터 한쪽에는 공무 수행이라고 적힌 하얀 승합차까지 보였다.

엄마는 하얗게 질린 얼굴로 당황한 기색이었다. 주디는 버스 창문으로 빼꼼히 고개를 내밀고 밖을 내다보았다. 이런 일이 한두 번도 아니고 이제 신경 쓰기도 싫었다.

"아줌마, 이제 알아들었죠? 공포감이나 소음을 유발하는 시설은 그냥 방치할 수가 없어요. 앞으로 열흘 말미를 드릴 테니 여길 떠나세요. 그러지 않으면 공무집행방해로 버스랑 개들을 함께 처리할 수밖에 없습니다. 마지막 경고니까 명심하세요. 이건 철거 계고장이니까 떼지 마시고요."

공무원으로 보이는 남자가 버스에 흰 종이 스티커를 붙이며 엄마에게 엄중하게 말했다. 처음에 엄마는 신경 쓰지 않는 눈치였으나 막상 철거 계고장이 붙자 당황한 기색이 역력했다. 미처 말할 엄두도 나지 않는지 잠자코 있었다. 엄마는 소리를 지를 때 가장 엄마다웠는데 충격이 큰 모양이었다.

사람들이 돌아간 후 엄마는 버스 바닥에 누워 한동안 일어나지 않았다. 부모님 호출이라는 말을 꺼낼까 하다가 관두었다. 이 상황에 기름까지 부을 수는 없었다. 그보다 더 큰 문제는 버스 앞 유리에 붙은 철거 계고장이었다.

"일단 재네부터 유기견 보호소로 보내자."

나는 진지한 얼굴로 엄마에게 말했다. 엄마는 내 말이 떨어지기가 무섭게 자리에서 벌떡 일어나 냅다 소리를 질렀다.

"이주노! 너 정말 이럴래? 너까지 이럴 거야?"

엄마는 바뀐 게 하나도 없었다. 이번에는 나도 물러서지 않았다.

"엄만 사고만 칠 줄 알지 대책이 없잖아! 이모네라도 가려면 별수 없어!"

"넌 왜 그렇게 모질어? 네 눈엔 재네가 안 보여?"

"나도…… 마음이 좋지 않아. 그래도 어쩔 수 없는 게 있다고. 엄마 눈에는 재네만 보이고 나랑 주디는 안 보이지? 엄만 왜 항상 저 개들만 감싸고 도냐고. 나도…… 다른 애들처럼…… 평범하게 살고 싶어! 무료 급식만 안 먹었지 이건 노숙자나 다름없잖아."

지금까지 참아왔던 말들을 쏟아냈다.

"사람들이 하루가 멀다 하고 찾아오잖아. 엄만 그게 좋아? 우리가 아무리 저 개들 끼고 살아도 제대로 돌보지 않으면 새우나 열무처럼 그냥 죽어."

"새우는 지병이 있었잖아."

"그래도 약 먹이면 오래 살았어. 돈 없어서 죽은 거야."

"유기견 보호소로 보내는 건 절대 못 하겠어. 나도 내 마음을 어쩌지 못 하겠다고……."

엄마는 그 말을 하며 울먹거렸다.

"엄마가 못 하면 내가 할 거야! 우린 할 만큼 했어."

"너 진짜 이럴래? 이주노, 내 아들 맞니? 세상사 네 마음대로 될 것 같지? 그게 다 마음대로 될 것 같으면 우리 여기까지 안 왔어."

맞다. 세상사는 마음대로 되지 않는다. 그래도 나는 그 말을 뒤집어 보고 싶었다.

그날 밤 한바탕 다툼이 끝난 뒤 버스는 고요했다. 부모님 호출도 끝내 말하지 못했다. 이대로 있다가는 머리통이 터질 것 같아 슬그머니 버스 밖으로 나왔다.

비가 오려는지 하늘에는 별 하나도 보이지 않았다. 구름 속에 파묻힌 달만 보일 듯 말 듯 했다. 뚫린 건 하늘밖에 없다는 엄마 말이 정말 틀리지 않았다. 무작정 거리를 걸었다. 공터에서 최대한 멀어지고 싶었다.

아침 일찍 등교해서 멍하니 앉아 있는데 예지가 다가왔다.

"오늘 엄마 오셔?"

"아니."

"왜? 이번엔 꼭 오셔야지."

"엄마가 기분이 안 좋아 보여서 말 못 했어."

"그렇다고 말 안 하면 어떡해! 걔네 부모님들 보통 아닌 것 같던데. 어제 아빠한테 전해 들었는데 강효재 엄마랑 통화하면서 단단히 다짐받았대. 또다시 날 괴롭히면 방송에 알리겠다고 하니까 겁먹은 것 같더라."

"다행이네."

"너도 무슨 수를 써서라도 엄마 모시고 와야 해."

"우리 엄마는 이런 일 몰라도 돼."

"너희 엄마도 알아야 한다니까."

"내가 상 받을 일 했냐? 우리 엄마는 지금 내 문제 말고도 여러 일로 충분히 골치가 아프다고."

"그렇구나……. 너무 걱정하지 마. 무슨 수가 있겠지."

"수는 너 같은 애한테나 있는 거야. 자리로 돌아가. 곧 수업 시간이잖아."

예지의 오지랖에 질려 더는 말하고 싶지 않았다.

담임이 조회가 끝난 후 교무실로 날 불렀다.

"엄마는?"

"몸이 안 좋아서 못 나오세요."

나는 마지못해 대답했다.

"그럼 너 혼자 진술해야겠네. 일단 교장실로 가자."

모든 일이 아주 빠르게 진행됐다. 교장실 안으로 들어서자 교장 선생님과 교감 선생님, 학생부장 선생님과 담임, 그리고 부모님들이 보였다. 강효재가 맞은편에서 손을 모으고 앉아 있었고 밥통들도 보였다.

내가 나타나자 부모님들은 옆 사람과 소곤거렸다. 탐탁지 않은 눈초리가 날 짓눌렀다. 나는 의자에 몸을 바짝 붙이고 몸을 움츠렸다.

학생부장 선생님이 먼저 사건을 간략히 정리해서 발표했다. 사건은 말 그대로 나와 예지가 그동안 밥통들에게 당했던 일들이었다. 선생님의 말이 끝나자 이번에는 교장 선생님의 말씀이 이어졌다.

"어쩌다 보니 이런 불미스러운 일이 학교에서 벌어졌네요. 이번 일로 인해 피해자가 생겼고 진술도 있어 학부모 회의를 소집했습니다."

교장 선생님의 말이 끝나자 피해자 진술이 있었다. 나는 그간 있었던 일들을 담담히 이야기했다. 예지 역시 괴롭힘을 당한 일들을 설명했다.

다음은 강효재 엄마가 입장을 발표했다.

"먼저 이주노 학생과 황예지 학생에게 미안하게 생각해요. 아들 때문에 물의를 일으킨 것도 면목이 없고요. 사실 이런 일들은 예전에도 있었지요. 제가 우려하는 것은 요즘 언론에서 무조건 가해자와 피해자를 나누어서 애들을 죄인 취급하는 거예요. 이 동네 애들치고 나쁜 애가 어디 있나요? 다른 동네에서 위장전입 해서 물 흐리는 게 더 문제죠."

위장전입이라는 단어가 내 귀에 꽂혔다. 나를 염두에 둔 말이 분명했다. 강효재 엄마의 말에 다른 엄마들도 고개를 끄덕였다. 강효재 엄마는 말을 이어갔다.

"저는 주노 학생 역시 문제가 있다고 봅니다. 효재만 가해자가 아니에요. 얼마 전에 제 아들도 입술이 터져 피멍이 들었어요. 다그쳐 물어보니 주노한테 맞았다고 하더군요. 학교폭력으로 신고하려다 아들이 말리는 바람에 참고 넘겼습니다. 왜 제 아들만 가해자라고 하는지 억울합니다."

교장 선생님은 눈을 지그시 감고 강효재 엄마의 말을 묵묵히 듣고만 있었다. 어느새 내가 가해자가 됐다. 강효재 엄마는 한발 더 나아가 경고성 발언까지 했다.

"만약 학교에서 이 문제를 더 부풀리거나 애들에게 징계를 내린다면 저도 가만있지는 않겠어요."

강효재 엄마의 말이 끝나자 교장실 분위기가 한층 더 무거워졌다. 학생부장 선생님은 다음 발언 순서가 내 차례임을 알려주었다.

"참고로 이주노 학생 어머니께서는 몸이 좋지 않으신 관계로 참석하지 못하셨습니다. 그래서 이주노 학생에게 직접 입장을 들어보려고 합니다."

내 차례라는 말에 입이 얼어붙은 것처럼 두려움이 엄습했다. 강효재 엄마의 강경한 태도가 위압적이었다. 그때 익숙한 목소리가 귀에 꽂혔다.

"제가 좀 늦었네요. 주노 엄마예요."

나도 모르게 소리가 나는 쪽으로 고개를 돌리자 엄마 얼굴이 보였다. 상담 선생님도 언제부터인지 와 있었다.

엄마의 등장으로 조용했던 분위기가 술렁였다. 나는 엄마의 등장이 반갑지만은 않았다. 엄마의 입에서 무슨 폭탄성 발언이 터져 나올지 두려웠다. 한 성깔 하는 엄마가 자칫하면 교장실을 뒤엎을지도 모른다고 생각하니 아찔했다. 나는 엄마와 최대한 눈을 맞추지 않으려고 고개를 숙였다.

"주노 어머님, 아프신 데에도 이렇게 와주셔서 감사합니다. 이번 일에 대해 입장을 말씀해 주시죠."

학생부장 선생님이 이번에는 엄마에게 발언권을 주었다. 엄마는 날카로운 눈초리로 주변을 둘러보다가 입을 열었다.

"저는 참 못난 엄마예요. 아들놈이 툴툴거릴 줄만 알지 이런 일은 입을 꾹 다물어 뒤늦게 알았습니다. 저는 그저 명문학교에 보냈으니 잘 지내겠거니 마음 놓고 있었죠. 근데 오늘 이 자리에 와서 보니 아들놈 속이 어지간히 상했을 것 같아 마음이 짠하네요. 효재 어머님 말씀대로 애들끼리 치고받고 할 수도 있죠. 근데 이게 어디 장난으로 한 대 친 겁니까?

제가 사실 개들을 좀 키웁니다. 요놈들 키우다 보니 별별 일을 다 봅니다. 가만 보면 꼭 덩치 큰 놈이 유난히 약해 보이는 놈만 골라 컹컹대고 으르렁대며 위협합니다. 어느 날 보니 요놈이 겁주는 것에 재미 들린 것 같더라고요. 그러다 가끔은 힘없는 놈이 덩치 큰 놈한테 뒤엉켜 반항이라도 하면 목덜미를 물어 뜯겨 기어이 피를 보고 맙니다. 그럴 때면 제가 막대기를 들고 사정없이 호통을 치고 그것도 안 되면 덩치 큰 놈을 질질 끌어냅니다.

그러니까 제 말은 처음부터 큰 놈에게 주의를 주고 끌어냈더라면 작은 놈이 피를 보지는 않았을 거라는 말이죠. 부족한 제 말뜻을 잘 헤아려주시리라 믿습니다."

엄마는 어느 때보다 단호하게 마음속에 있는 말을 막힘없이 쏟아냈다. 엄마의 도발적인 발언에 참석자들의 얼굴이 굳어졌다. 그중에서도 강효재 엄마의 표정이 제일 어두웠다. 강효재에게 징계는 큰 타격이었다. 특목고를 준비하는 아이에게 징계는 입시 포기를 의미했다.

"주노 어머님, 애들끼리 치고받은 일인데 좋게 해결하시죠. 아이들끼리 원만한 합의를 이끌어내면 어떨까요? "

담임은 엄마에게 권고하듯이 말했다.

"선생님께서는 개입하지 마시죠. 당연히 원만한 합의가 좋겠죠. 그러나 썩은 사과를 골라내야 엽엽한 사과가 썩지 않는 거 아닌가요? 무슨 학교가 폭력 사건이 일어났는데 처벌할 생각은 하지 않고 쉬쉬할 궁리부터 하는지 이해가 안 되네요. 전 강력한 처벌을 요구합니다."

엄마는 이번에도 격앙된 음성으로 물러서지 않고 맞섰다.

"주노 어머님께서 원하시는 바는 가해자의 처벌인가요?"

교장 선생님이 점잖은 목소리로 다시 엄마에게 되물었다.

"네, 처벌을 원해요. 그동안 주노가 받았을 고통을 생각하면 엄마로서 마음이 무너집니다. 이 일로 제 아들이 또 다른 보복이나 문제를 겪는다면 그때는 담임 선생님이 옷 벗을 각오를 하셔야 할 겁니다."

엄마는 무슨 변호사라도 된 것처럼 완고하게 맞섰다. 내가 당한 문제에 예지를 괴롭힌 정황까지 더해져 상황은 강효재에게 불리하게 돌아갔다. 그러나 강효재 엄마는 변호사를 선임하겠다고 큰소리를 치며 맞섰다.

회의는 별다른 진전 없이 끝났다. 강효재 엄마와 밥통 패거리 엄마들의 항의가 있었지만 별 소용이 없었다. 두려운 마음이 조금씩 누그러졌다. 엄마는 담임을 잠깐 만나고 가겠다며 내게 먼저 나가 있으라고 했다.

교장실 밖으로 나오자 복도 끝에서 카랑카랑한 음성이 흘러나왔다. 강효재 엄마가 손으로 강효재 등짝을 수차례 갈기며 미친 듯이 소리를 질렀다.

"내가 이런 꼴 보려고 미국 유학 보내고 그 많은 돈을 쓴 줄 알아? 여기선 이렇게 주먹질도 잘하는 놈이 왜 거기선 찍소리도 못 하고 돌아와! 이 못난 놈아. 그렇게 살려면 차라리 죽어! 죽어버리라고!

너 잘 들어. 여기서 저깟 놈 때문에 물러설 수 없어. 이번 일은 내가 처리할 테니까 넌 신경 끄고 성적 올릴 궁리나 하라고! 특목고도 떨어지면 그동안 너한테 들인 돈 다 토해낼 각오해. 엄마는 손해 보는 일은 안 하니까."

강효재 엄마는 복도 한 구석에서 강효재를 무섭게 몰아붙였다. 그 순간 나는 강효재와 딱 눈이 마주쳤다. 강효재는 나를 보자마자 엄마를 향해 소리쳤다.

"그만 좀 해! 알겠다고!"

강효재는 그 말을 외치고 계단 쪽으로 후다닥 뛰어갔다. 강효재 엄마는 강효재를 몇 번 부르더니 이내 뒤따라갔다.

잠시 후 교장실에서 나온 엄마는 내게 별말이 없었다. 무슨 말을 들은 것인지 표정이 심상치 않았다. 무언가 질문을 하고 싶었지만 참았다. 엄마는 학교에서 나올 때까지 입을 열지 않았다. 저놈의 담임이 또 무엇을 엄마에게 일러바쳤는지 괜히 불안하고 어깨가 움츠러들었다.

"이주노, 얼굴 좀 펴라. 사내놈이 잔뜩 구겨진 얼굴을 하고는……. 그러니 저런 놈들한테 얻어맞지."

엄마가 교문에 이르자 날 보며 한마디 했다.

"아, 그딴 소리 그만하고……. 오늘 회의 있는지 어떻게 알았어?"

"학교폭력 전담 경찰관이 버스로 찾아왔더라 이놈아. 난 네 놈이 사고 친 줄 알고 얼마나 조마조마했는지 알아?"

"조마조마한 사람이 그렇게 말을 잘한다고? 일부러 센 척 했지?"

"세상에 어느 엄마가 자식 놈 두들겨 맞았다는데 가만있냐? 네 체면 봐서 교장실 엎지 않은 줄 알아!"

"에이, 씨. 엄마가 뭐 조폭이야, 뒤엎게?"

"이주노! 조폭 엄마라도 있는 거랑 없는 거는 하늘과 땅 차이거든? 너 오늘 실수한 거야. 너 혼자 교장실로 들어간 건 연장 없이 공사장 가는 거랑 같다고. 근데 너, 등발 좋은 놈들한테 맞느라 좀 아팠겠다."

"뭐, 좀……."

"너도 걔네 좀 쳤냐?"

"생각 같아선 뻗어버릴 정도로 패고 싶었는데 손이 말을 잘 안 듣더라고."

"잘했다, 잘했어! 옛말에 이런 말 있잖아. 맞은 놈은 발 뻗고 자도 때린 놈은 발도 못 뻗고 잔다더라. 무슨 말인지 알지? 난 깡패 아들 싫거든."

"나라고 주먹질하고 싶은 줄 알아? 학교만 오면 이상하게 화가 나. 다들 날 가만두지 않는다고!"

"그래도 여기 나름 명문 학교인데……."

"나한텐 명문 아냐."

"그런가 보다. 학교 보내놨더니 두들겨 맞기나 하고……."

엄마가 말끝을 흐리며 한숨을 깊게 내쉬었다.

그날 저녁 엄마는 어쩐 일인지 오랫동안 저녁 준비를 했다. 엄마가 만든 건 고추장 돼지 불고기였다. 상추와 깻잎까지 곁들인 푸짐한 저녁이었다. 엄마는 계속 고기만 뒤적거리며 먹지도 않고 웃지도 않았다. 낮에 벌어진 일 때문에 우울증이 또 도진 것이 아닐까 싶어 저녁을 먹는 내내 목에 가시가 걸린 듯 불편했다.

엄마는 고기를 굽는 와중에 간간이 소주잔을 홀짝거렸다.

평소와는 다른 모습과 분위기가 아주 거북했다. 어찌 된 게 엄마가 게걸스럽게 하하호호 어린아이처럼 굴 때가 더 편했다.

"너도 한잔 주랴?"

"아이, 씨. 학생이 무슨 술이야. 하여튼 엄마는 아들한테 불량한 건 다 시켜. 진짜 골치 아픈 엄마야."

"엄마 앞에서 먹는 건 괜찮아. 어디서 사고 칠 것도 없고. 그래, 술은 원래 어른한테 배우는 건데……. 술을 가르쳐 줄 만한 어른이…… 없네."

엄마는 말이 끝나자마자 다시 소주잔을 입에 댔다.

"오늘따라 술이 술술 들어가네. 달다, 달아. 우리 아들하고 먹으니……."

엄마는 빈 소주잔을 내려놓으며 말끝을 흐렸다.

저녁 식사가 끝난 후 우리는 일찍 랜턴을 끄고 자리에 누웠다. 주디는 금세 곯아떨어졌지만 나는 쉽게 잠들지 못했다. 엄마도 낮에 교장실에서 있었던 일을 떠올리며 뒤척이는 것 같았다. 더구나 모기 한 마리가 윙윙거리며 좁은 버스 안을 날아다니는 통에 신경이 바짝 곤두섰다.

잠시 후 훌쩍거리는 소리가 희미하게 들려왔다. 나는 몸을 틀어 흐느끼는 소리가 나는 쪽을 바라보았다. 어둠 속에서 어슴푸레 엄마의 등이 들썩였다.

"엄마, 울어?"

엄마는 내가 묻는 말에 대꾸도 하지 않은 채 울음을 속으로 꾹꾹 삼키는 듯이 보였다.

"엄마."

조용히 엄마를 다시 불렀다. 엄마는 목이 잠긴 듯 헛기침을 몇 번 해댔다. 그러고는 자리에서 일어나 앉았다.

"주노야……. 엄마는 아빠 죽고 단 하루도 쉬운 날이 없었거든. 오늘 보니까 너도 나 못지않게 힘들었겠더라. 엄마가 오늘 일 곰곰이 생각해 봤는데…… 이 모든 게 다 엄마 탓인 것 같아. 그동안 네가 학교에서 얼마나 마음고생 많았는지 이번에 처음 알았어. 미안해……. 엄마 때문에…… 힘들었지?"

깜깜한 밤중에 엄마는 나직이 속마음을 털어놓았다. 엄마의 이런 모습은 예상치 못한 일이었다.

"저 개들…… 네 마음대로 해. 자식도 제대로 건사 못 하면서 개들까지 거느리겠다는 건 욕심이지. 지난번에 유기견 보호소에서 나온 사람들이 그러더라. 십오 년 이상 데리고 있을 능력이 되지 않는 사람은 개 키울 자격이 없다고……. 엄마는 한참 자격 미달인 걸 알았지만 인정하기 싫었어."

"왜 마음이 약해진 거야? 늘 하던 대로 하지."

"이주노, 그래서 싫어?"

엄마가 어둠 속에서 뭔가를 꺼냈다. 잠시 후 피식 하며 라이터 소리가 나더니 파란 불꽃이 파르르 타올랐다. 엄마는 담배를 한 모금 빨아들였다가 연기를 후우우 하고 한숨을 내뱉듯 밖으로 내보냈다.

"세상에…… 자식 이기는 부모 없다잖아. 천년만년 함께할 줄 알았던 아빠를 잃고 보니 재네도 뜻하지 않게 보낸다는 게 받아들여지지 않았어. 그래서 말도 안 되는 고집을 부린 거야. 근데 이제 네 말도 가끔 들어주면서 살아보려고……. 네가 나보다 나은 구석이 많잖아."

엄마는 어두운 창밖을 뚫어져라 바라보며 손으로 눈가를 훔쳤다. 엄마가 드디어 개들을 보낼 결심을 했다는데 정작 그 말을 듣고 보니 이상하게 기분이 가라앉았다. 그때 밖에서 개들이 한바탕 소란스럽게 짖어댔다.

"에이, 씨. 저놈의 개새끼들은 눈치도 없이 짖어대!"

마땅히 할 말이 없어서 개를 탓하며 몸을 돌려 누웠다. 그렇게 원하던 이야기를 들었는데도 가슴이 여전히 답답했다.

학교에 경찰이 드나들기 시작했다. 덕분에 교실 분위기가 가라앉았다. 쉬는 시간이었지만 아이들은 제자리에서 조용히 각자 할 일을 했다. 강효재는 풀이 죽었는지 무표정이었다. 갑자기 내 자리로 호영이가 다가왔다.

"주노야, 미안하다. 그동안 너 힘든 거 알면서 다들 모른 척했잖아. 반장으로서 사과할게. 학폭위 열릴 때 우리도 회의했어. 그동안 강효재가 대놓고 못된 짓을 많이 했잖아. 괜히 끼어들었다가 피해를 입을까 싶어 다들 침묵했었는데, 끝까지 방관자로 머무른다면 우리도 가해자나 마찬가지라는 생각이 들었어."

호영이가 갑자기 휴대폰을 내밀더니 사진을 몇 장 보여주었다.

"그동안 아이들이 몰래 찍은 사진들이야. 강효재가 너 괴롭힐 때마다 하나둘씩 찍었어. 학폭위에 제출하면 아마 확실한 증거가 될 거야."

호영이가 보여준 사진에는 강효재가 내 자리에 요구르트를 붓고 있는 장면과 분리수거장에서 밥통들이 날 때리고 있는 장면이 고스란히 담겨 있었다.

잠시 후 다른 아이들도 하나둘 내게로 다가오더니 자신들이 본 사실을 적극적으로 말하겠다고 했다. 필요하다면 증인으로 나서줄 테니 염려 말라는 말과 함께 응원을 전하는 아이도 있었다.

아침부터 내린 비 때문에 교실은 한층 더 우중충했다. 빗소리를 들으니 마음이 더욱 무거웠다. 학교는 며칠째 강효재에 대한 징계 문제로 어수선했고 담임은 여러 번 나에게 좋은 쪽으로 합의를 보는 게 어떻겠냐고 권고했다. 강효재 쪽에서는 지난번 복도에서 벌어진 일을 문제 삼아 쌍방 폭행이라고 주장했다.

오후가 되자 비가 더 세차게 내렸다. 쏟아지는 비처럼 학교에서 벌어지는 일들을 싹 쓸어버리고 싶었다. 징계를 내리는 일도 생각만큼 쉬운 일이 아니었다. 그때 내 앞에 강효재가 나타났다.

"이주노, 잠깐 나 좀 보자."

강효재의 말투가 평소와 달리 조심성 있게 바뀌었다. 난 잠시 망설이다 고개를 끄덕였다.

"잠시면 돼."

강효재가 낮은 목소리로 말했다.

"어디든 조용한 데로 가자."

강효재를 따라 시청각실로 갔다. 둘만 있으니 교실이 더욱 커 보였다.

"할 말이 뭐야?"

경계심 어린 눈초리로 강효재를 바라보았다. 녀석은 잠시 고개를 떨구더니 조용히 입을 열었다.

"주노야, 내가 진짜 잘못했다. 예지한테도 사과했어. 이거 정말 진심이야."

강효재의 입에서 예상치 못한 말들이 튀어나왔다. 또 무슨 수작을 부리는 것인지 속을 알 수 없었다.

"이제 와서 사과한다고 달라질 건 없어."

강효재는 예전과 달리 엄청 쑥스러워했다.

"이주노, 쪽팔리지만 그냥 솔직하게 말할게. 내일 징계 결정 난대. 나 어쩌면 강제 전학 갈지도 몰라. 넌 잘 모르겠지만 나 정말 힘들게 한국 왔어. 그날 우리 엄마 봤지? 나도 죽을 맛이라고……. 성적이 엄마 기대에 못 미쳐서 집에서는 사람 취급도 못 받아. 스트레스 때문에 갑자기 누구든 죽도록 패고 싶을 때도 있고 그래."

강효재가 갑자기 내게 속마음을 털어놓아서 몹시 당황스러웠다.

"5학년 때 미국에 처음 갔어. 엄마가 한국인이 없는 동네로 날 보내버렸는데 영어도 안 되고 혼자라서 너무 무서웠어. 몇몇 미국 애들은 동양인을 무슨 벌레 보듯 하더라. 내 짝꿍이었던 애가 아직도 기억나. 날 무슨 바퀴벌레 보듯이 봤거든. 걔 몸에 내 옷이나 손이 조금이라도 닿으면 괴성을 질렀다고.

한번은 날 쓰레기장으로 데려가더니 나한텐 여기가 어울린다며 종일 썩은 냄새나 맡으라는 거야. 씨발, 아직도 그 썩은 내가 어디선가 나는 것 같아. 사물함에는 '더러운 아시안'이라고 적힌 쪽지가 매일같이 붙어 있었고, 책상 서랍에는 죽은 쥐새끼를 장난감이라고 넣어두더라.

그걸로 끝이 아냐. 수업이 끝나면 애들이 우르르 몰려와서 날 교실 바닥에 앉혀 놓고 내 머리를 마구 팼어. 머리가 불이 난 것처럼 뜨거웠지. 영어를 못하니까 담임이나 학교에 내가 당한 걸 말할 수도 없었어. 미국 학교에서 난 그저 벌레였지. 엄마한테 도저히 여기서 못 지내겠다고 울며불며 전화했는데 내 말은 들은 척도 하지 않았다고."

강효재의 입에서 튀어나온 말들은 놀랍게도 폭력에 대한 기억이었다.

"네가 예전에 어떻게 살았는지는 관심 없어."

"주노야, 나 한국에 와서도 너무 힘들었어. 엄마가 날 계속 몰아세우면서 유학에 실패했으니 다른 거라도 특출나게 잘해야 한다고 압박했어. 근데 성적이 생각만큼 오르지 않아서 늘 불안했다고. 나도 이런 상황이 죽고 싶을 만큼 힘들어. 흑, 흐흑…… 흐흑……."

강효재가 기어이 눈물을 보였다.

"꺼져. 뒷일도 책임지지 못하면서 왜 남을 괴롭혀? 게다가 당하는 게 얼마나 힘든지 알면서도 똑같이 그런 행동을 하냐? 용서 따윈 없어. 넌 정말 끝까지 비호감이야, 알겠냐고!"

나는 강효재를 향해 신경질적으로 소리를 질렀다.

강효재가 거짓 눈물을 흘리는 것 같진 않았다. 차라리 저 모습이 거짓이라면 마음이 편할 것 같았다. 녀석의 눈물을 보지 말았어야 했다. 나더러 지금 어쩌라는 것인지 모르겠다. 어제까지 날 괴롭혔던 놈이 오늘은 내 앞에서 징징 짜며 용서를 구하고 있다. 넙죽 엎드리는 녀석을 상대하는 일도 보통 어려운 일이 아니었다.

사과를 받고 보니 이상하게 기분이 나빴다. 뭐 하나 부러울 게 없는 놈이 속을 훤히 뒤집어 까며 용서를 구하고 있다. 참 헷갈리게 하는 놈이다. 이런 걸 반전이라고 해야 할까. 괜한 이야기를 들어 마음이 개운치 않았다.

문득 그날 강효재 엄마가 강효재에게 쏟아냈던 말이 떠올랐다. 녀석의 폭력성은 알고 보면 전염된 걸까.

“엄마, 밥통들 용서해 주자.”

버스로 돌아오자마자 엄마에게 말했다.

“왜? 그놈이 너한테 싹싹 빌디?”

“강효재가 나한테 찾아와서 사과했어.”

“야! 그거 다 수법이야. 순진하긴.”

“나도 그게 그놈 진심이라고 믿고 싶진 않아. 근데 걔도 아주 편해 보이진 않더라고.”

“그렇다고 널 괴롭힌 놈들을 그렇게 쉽게 용서해? 용서가 그리 쉽게 돼? 마음이 좋은 거야, 물러터진 거야? 너 나중에 후회하지 말고 잘 생각해. 무식하게 덤비는 놈들에게 쓴맛 보여줄 기회를 놓치는 거야. 누굴 닮아 마음이 그리 약해!”

“그냥 마음이 무거워.”

"피는 못 속인다더니……. 걔네는 참 운도 좋아."

"강효재한테 기회를 주고 싶어."

"기회 운운하기 전에 네 마음이나 잘 챙겨. 용서가 하루아침에 되는 줄 알아? 응어리진 거 싹 다 풀리려면 시간이 꽤 걸릴 거다."

엄마 말이 무슨 뜻인지 감이 잡히지 않았다. 그렇지만 누군가를 용서한다는 것은 점점 내 마음이 커진다는 뜻 같았다. 그래서 말 그대로 용기라는 걸 내보는 것이다. 이건 강효재를 위해서가 아니라 나를 위해서였다. 내가 꽤 괜찮은 녀석이라는 사실을 증명하고 싶었다.

강효재 문제로 밤새 잠을 설쳤다. 학교로 가는 길 내내 용서를 빌며 울먹이던 놈의 얼굴이 떠올랐다. 그런데 학교에 도착해 보니 뜻밖의 소식이 들렸다.

어젯밤에 강효재가 화를 참지 못하고 엄마를 두들겨 팼다고 했다. 그 바람에 놈은 경찰에 신고됐고 결국 자퇴서를 제출했다고 했다.

강효재가 학교에서 보이지 않자 놈을 따르던 밥통들도 모두 흩어졌다. 그 후로 강효재의 근황은 알 수 없었다.

유기견 파티

호영이가 개를 끌고 버스로 찾아왔다. 호영이의 개는 골든 리트리버였다. 대형견답게 눈망울이 크고 영리해 보여 주인과 잘 어울렸다.

나는 호영이의 갑작스러운 방문에 놀라 허둥대다 문에 정강이를 부딪히고 말았다.

"여긴 웬일이야?"

"개들 좀 보려고. 소문 들었어. 입양 보낼 거라며?"

"으응……."

나는 대충 얼버무렸다. 호영이가 개들이 묶여 있는 곳으로 다가가더니 한 놈씩 이리저리 상태를 살펴봤다. 낯선 사람의 등장으로 개들은 소란스럽게 짖었다. 녀석들의 기개 하나만큼은 호영이의 개와는 비교가 안 될 만큼 대단했다.

"어쩌다 이 많은 개들을 데려왔니?"

호영이는 짖어대는 개들을 보고도 당황하지 않았다. 듬성듬성 털이 빠진 녀석들의 머리를 쓰다듬기까지 했다.

"엄마가 개를 좋아해."

"동물을 무턱대고 많이 거둬들이는 걸 '애니멀 호더'라고 하던데. 이대로 방치하면 개들이 더 망가질지도 몰라."

"어차피 여기서 얼마 못 있어. 일주일 뒤면 버스 철거한대. 계고장을 받았거든."

"큰일이네. 저 많은 개들은 어떡해? 내가 도울 일 없니?"

호영이의 따뜻한 말 한마디가 마음을 녹였다. 호영이는 보면 볼수록 참 좋은 녀석이었다. 새삼스럽게 반장 선거 때 호영에게 표를 주지 않은 게 미안했다.

"애견 보호 단체에 도움을 요청했어. 거긴 유기견 보호소랑 달리 개들을 함부로 죽이지는 않는대. 사실 개들이 미울 때가 많았는데 막상 헤어진다고 생각하니 마음이 편하지 않아. 마지막으로 재네를 위해 뭐라도 하고 싶더라. 그래서 생각한 게 유기견 입양 파티야. 여기 공터랑 버스에서 해보려고."

"와, 근사한데! 그럼 여기가 유기견 입양 버스인 셈이네. 아이디어 좋다."

"내가 할 수 있는 게 이런 것밖에 없더라고. 아마 예지가 좀 도와줄 것 같아. 걔는 이미 개를 입양해 갔거든."

"오, 그럼 나도 도울게. 주노야, 나 한번 믿어봐. 큰 힘이 될지 누가 알아. 내가 누구냐? 애견 사랑 김호영이잖아. 여기저기 홍보해 볼게."

호영이는 자신이 할 수 있는 일을 해보겠다며 내게 힘을 실어주었다. 나는 미리 준비해 둔 유기견 파티 전단지를 호영이에게 나눠주었다. 호영이는 확실히 재수때기 원장과는 차원이 달랐다.

학교에 도착하자마자 예지에게 유기견 파티 전단지를 건네어 주었다.

"유기견 입양 버스? 오, 완전 괜찮네!"

"이번 주 토요일 저녁 7시야. 올 거지?"

"그럼, 입양 1호인 내가 빠지면 섭하지. 근데 너 무슨 걱정 있어? 표정이 어두워."

"사실 얼마 전에 철거 계고장을 받았어. 그래서 이번 주 안으로 버스에서 떠나야 해."

"그렇구나……. 어디로 갈 건데?"

"아직 정해진 건 없어. 개 문제만 해결되면 어디든 갈 곳이 생기겠지. 개들만 없으면 갈 곳은 많아."

"그래, 죽으라는 법은 없으니까. 너무 걱정하지 마."

예지가 파티 이야기로 말머리를 돌렸다.

"파티하려면 개들부터 꽃단장해야겠다."

"세수라도 해주면 좋을 텐데 어디 애들이 한둘이어야지. 씻길 만한 데도 없고."

"우리 집에서 씻기면 돼. 예쁘게 꽃단장해서 사진도 찍고 애견 카페에 올리자! 홍보를 좀 더 해야 할 텐데 어쩌지?"

"호영이가 도와준대. 일단 학교 게시판이나 버스 정류장에 전단지도 붙이고 해야지."

"그래, 나도 틈틈이 도울게. 생각해 보니까 너 유기견 지킴이 해도 되겠다."

"유기견 지킴이? 내가 무슨 그런 걸?"

"지킴이가 별거야? 유기견한테 가족 만들어주는데 그게 지킴이 역할인 셈이지. 사실 너희 엄마 대단하지 않아? 누가 귀찮게 버려진 개들을 거둬. 다른 사람 같으면 죽든 말든 그냥 보호소로 보내고 말지."

"그 오지랖에 우리 가족이 노숙자 신세라고."

"그래도 너희 엄만 멋있어. 버림받은 개 한 마리도 하찮게 여기지 않잖아."

"그런 말 우리 엄마 앞에서 입 밖으로 꺼내지도 마. 네 말 듣고서 이번에는 뭘 또 끌고 올지 몰라."

"알겠다, 알겠어. 그래도 어쨌든 버스에서만 안 살면 되는 거 아니야?"

"이번엔 아마 버스가 아니라 무인도로 끌고 갈지도 몰라. 엄마한테 약간 돈키호테 기질이 있거든."

"그래, 너 생각해서 입에 지퍼 꽉 채울게."

수업이 끝나고 나와 호영이는 교실에 남아 유기견 파티 프로그램을 짜느라 머리를 맞댔다. 고민 끝에 "유기견 버스에서 반려견 입양하세요"라는 광고 문안을 만들었다. 행사 콘셉트는 버려진 개들을 위한 위로 파티로 잡았다.

호영이는 유기견 파티에 대한 정보를 이런저런 단톡방에 부지런히 퍼 날랐다. 예지 역시 고맙게도 매일 두 마리씩 자신의 집으로 개들을 데려가 씻기고 털까지 다듬어주었다. 머리에 리본을 달아 사진을 찍고서 애견 카페에 올리는 것도 잊지 않았다.

오랜만에 아르바이트할 거리가 생겼다고 관장님에게 연락이 와서 하굣길에 체육관에 들렀다.

"너 요즘에는 왜 운동하러 안 와?"

"바쁜 일이 좀 있어서요."

"알바하려는 냉큼 잘 오면서 운동은 빠진다 이거지?"

"앞으로 시간 될 때마다 나올게요."

"주짓수 우습게 보지 마라. 이게 인생이랑 묘하게 닮았거든. 대련할 때 가끔 손을 놓아야 할 때가 있듯이 살면서도 힘을 풀어야 할 때가 있지. 상황에 따라 괜한 자존심은 독이 된다고."

관장님은 날 붙잡고 때아닌 잔소리를 시작했다.

"아, 알겠어요. 빨리 전단지나 주세요. 참, 제 것도 한 장 받으시고요."

"이게 뭐냐?"

"읽어보시고 생각 있으면 오세요. 전 바빠서 이만."

유기견 파티 전단지에 체육관 전단지까지 양손 가득 들고서 후다닥 체육관을 빠져나왔다.

곰곰이 생각할수록 유기견 파티가 꽤 기대됐다. 누군가를 위해 일을 꾸민다는 게 이렇게 흥분되는 일인지 처음 알았다. 언제나 개들을 유기견 보호소로 보내버리는 것이 가장 속 편한 일이라고 믿었다. 그런 내가 그 개들을 위해 함께 파티를 열게 될 줄은 꿈에도 몰랐다.

아침부터 부지런히 유기견 파티에 쓰일 짐들을 공터 구석에 내놓았다. 전단지를 보고 소식을 들었는지 개들을 싫어하는 이모까지 찾아와서 파티를 도왔다.

"주노야, 그동안 애 많이 썼다. 사실 집으로 들어오라고 하고 싶었지만 난 저 개들 데리고는 단 하루도 못 견뎌. 지금이라도 네 엄마가 마음을 바꿔서 진짜 다행이야. 개들 갈 곳 정해지면 당분간 집 구할 때까지 이모 집에 들어와서 지내. 그리고 이참에 나도 개 한 마리 입양해 가려고. 혼자 있으려니 적적하기도 하고, 한 마리 정도는 충분히 감당할 수 있거든."

"정말?"

"그럼 정말이지. 우리 주노가 그렇게 원하는데. 입양해서 자식처럼 키워볼 생각이야. 네 엄마 봐서는 그러고 싶지 않다만 우리 착한 주노 마음이 이뻐서. 어디 보자 가장 순하고 말 잘 듣는 놈이 누굴까."

이모가 유기견 입양에 동참한다는 말에 나도 모르게 입에서 탄성이 나왔다.

엄마는 공터 입구에 현수막을 내걸었다. "유기견 입양 파티에 여러분을 초대합니다"라는 문구가 크게 걸렸다. 낡은 버스도 열심히 꾸몄는데, 천장에는 장식용 풍선을 달았고 창에는 야광 색지를 붙였다. 예지가 예쁘게 단장시킨 개들을 찍은 사진을 모아 창문 위에 줄지어 장식했다. "우리 애들 어때요? 이쁘죠?" 이런 문구도 손잡이 쪽에 걸었다.

이모는 사진을 보면서 예쁘다는 말을 반복했다. 엄마는 당분간 집을 구할 때까지 이모 집에 얹혀살아야 한다는 현실을 인정한 듯 이모의 눈치를 살폈다. 그런 엄마의 속이 어떨지 상상해 보니 피식 웃음이 터졌다.

예정된 시간보다 조금 일찍 유기견 파티가 시작됐다. 먼저 온 호영이와 예지가 공터 입구에서 고깔모자를 쓰고 바람잡이 역할을 했다. 버스 앞에서는 호영이가 섭외한 기타 동아리 아이들이 연주를 해주었다. 힘든 생활을 견뎌준 개들을 위로하는 연주곡이었다.

공터 입구에 낯익은 할머니, 할아버지 몇 분이 들어섰다. 며칠 전에 전단지를 돌렸던 근처 아파트에 사는 분들 같았다. 반가운 마음에 뛰어나가 꾸벅 인사했다. 호영이가 단톡방에 공유한 소식 덕분에 개를 키우는 것에 관심 있는 아이들도 삼삼오오 공터로 찾아왔다.

심상치 않은 덩치를 가진 아저씨가 멀리서부터 손을 흔들며 다가와서 유심히 살펴보니 관장님이었다.

"이야! 우리 주노 대단하다, 대단해. 이렇게 멋진 일을 꾸미고 있었다니 정말 감동이네. 우리 체육관에 너처럼 대단한 회원이 있다는 게 너무 자랑스럽다. 넌 앞으로 평생 회원이야. 언제든 와서 운동해."

멋진 일이라는 말에 괜히 기분이 좋아져서 두 팔을 활짝 벌리며 관장님을 맞이했다.

나는 파티에 온 사람들에게 개들을 한 마리씩 소개하는 진행자 역할을 맡았다. 개들이 낯선 사람들 때문에 놀라지 않도록 간식을 주면서 기분을 살폈다. 사람들이 어느 정도 모여들어서 공터 중앙에 서서 짧게 자기소개를 했다.

"유기견 지킴이로 활동하는 '신선한 개껌' 이주노입니다. 여기까지 오신 여러분 정말 고맙습니다. 이 개들을 보고 조금 놀라셨죠? 모두 집을 잃고 주인한테 버림받은 애들입니다. 아쉽게도 오늘 밤이 지나면 이곳에서도 떠날 수밖에 없는 상황이 됐어요. 버스가 철거되거든요. 그래서 이 파티를 열었습니다. 오늘 밤, 개들에게 앞으로 쭉 머물 집을 만들어주실 분이 계셨으면 합니다. 마지막으로 우리 개들에게…… 고마웠고 사랑한다는 말을 전합니다."

마지막 인사를 하면서 목이 메었다. 정말 개들과 헤어지게 된다는 사실이 이제야 실감 났다. 나는 낯선 사람들 앞에 선뜻 나서지 못한 성격인데 오늘은 웬일인지 할 말을 끝까지 할 수 있었다. 소개를 마치고 호영이에게 다음 진행을 맡겼다.

"주노야!"

누군가가 내 이름을 불러서 뒤돌아보니 놀랍게도 동물병원 원장이었다. 원장은 내게 어색하게 손을 흔들었다.

"여긴 어쩐 일이세요?"

나는 썩 달갑지 않은 표정으로 떨떠름하게 말했다.

"호영이에게 네 얘기 들었다. 호영이가 여기 안 오면 부자 관계 끊겠다더라."

"부자 관계 끊어질까 봐 오신 거네요."

"그런 표정 짓지 마. 농담이야. 네가 돌린 전단지를 우연히 보게 됐어. 이상하게 마음이 편치 않더구나. 네 얼굴 보기도 미안하고. 근데 또 유기견들이 궁금하긴 해서……. 그때 심장병 걸린 애는 어디 있지?"

원장은 조심스럽게 새우 소식을 물었다.

"죽었어요."

나는 무심하게 대답했다.

"저런, 안됐구나……. 도와주지 못해 미안하다. 이렇게 딱한 사정이 있는 줄 몰랐어. 아니 몰랐다는 건 거짓말이고 외면한 거지. 세상에는 배부른 인간들이 많은데 배가 너무 불러서 배고픔이 어떤 것인지조차 잊어버리고 살지. 그런 인간이 바로 나였어."

원장은 씁쓸한 미소를 지으며 말했다.

"내가 도울 수 있는 일이 있으면 말해다오."

나는 아무 말도 하지 않았다. 이제 와서 도움을 받는다고 달라질 건 없었다.

"나도 너만 할 때 집안 형편이 어려웠어. 혼자 힘으로 버겁게 살아오다 보니 점점 주변에 관심을 두지 않게 되더라. 이건 내 경험인데 힘든 걸 꾹 참는 게 마냥 좋은 건 아니야. 버거울 땐 손을 내미는 용기가 필요하지."

"손 내밀었는데 원장님이 거절했잖아요."

지난 일이 떠올라 서운한 마음을 솔직하게 말했다.

"그땐 자신이 없었어. 섣부르게 뭔가를 돕다가 끝까지 해내지 못해 더 깊은 상처를 주는 경우가 있거든. 아마 저 개들의 원래 주인들도 그런 사람들일 거야. 그래도 난 여기까지 왔잖아. 사람이 쉽게 변하진 않는다지만 어떤 계기로 조금씩은 변하게 된단다. 지난 일은…… 용서하렴."

일이 끝난 뒤에야 용서해 달라는 인간들이 왜 이렇게 많은지 모르겠다. 그래도 원장은 양심이 있는 모양이었다. 하긴 내가 호영이와 같은 반인데 모른 척하기도 힘들었을 것이다.

"그리고 이건 내 부탁인데…… 네가 들어줬으면 좋겠다. 사실 호영이는 내가 널 안다는 사실을 몰라. 아마 새우를 치료해 주지 않았다는 걸 알면 엄청 실망할 거야. 호영이는 나와 다르거든. 우리 사이에 있었던 일을 비밀로 해줄 수 있을까?"

이젠 엄연히 있었던 일까지 없었던 것처럼 비밀로 해달라고 한다. 나는 잠시 망설이다가 대답했다.

"그 비밀, 무덤까지 가지고 가면 되죠?"

"그래 주면 좋고……."

원장이 호영이를 무서워한다는 사실을 처음 알았다. 원장은 아들에게 존경받는 아빠가 되고 싶다고 했다. 이상하게 목에서 쓴맛이 올라왔다.

사람이 동물과 다른 게 있다면 그건 바로 이중성일 것이다.

나 역시 이 비밀을 끝까지 지킬지 알 수 없다. 유기견에 대한 내 마음이 변했듯이 원장도 조금씩 변하리라는 사실을 한번 믿어보고 싶었다.

공터가 화기애애한 분위기로 가득한 건 처음이었다. 시간이 지날수록 사람들의 발길로 북적였다. 엄마는 사람들이 모여들자 기분이 들떠 어쩔 줄을 몰라 했다. 급기야는 고물 기타를 가져와 목에 걸고 노래를 부르기 시작했다. 개들을 위한 위로곡이라고 했다.

"사노라면 언젠가는 좋은 날도 오겠지. 구린 날도 날이 새면 해가 뜨지 않더냐. 산다는 게 얼마나 소중한 건데 매일매일 집을 찾아 거리를 헤매냐. 더 이상 시간 낭비 말고 새 주인 만나 잘 살자. 나쁜 기억은 다 지워. 새파랗게 젊다는 게 한밑천인데 쩨쩨하게 굴지 말고 가슴을 쫙 펴라. 내일은 해가 뜬다. 내일은 해가 뜬다."

엄마는 가사도 마음대로 바꿔버리고 음도 맞지 않는 기타를 땡땡거리면서 끝없이 "내일은 해가 뜬다"를 외쳐댔다.

노래 가사 중에 "더 이상 시간 낭비 말고 새 주인 만나 잘 살자"라는 부분이 마음에 들었다. 개들이 자신을 버렸던 주인에 대한 상처를 머릿속에서 깨끗이 지우길 바랐다. 줄 끊어진 기타처럼 초라한 인생이지만 내일은 해가 뜰지는 아무도 모를 일이다.

어쩌면 사람들이 버스로 모여든 이유는 버스에서 사는 사람들에 대한 호기심 때문일지도 모른다. 자신과는 조금 다른 삶을 살아가는 사람들과 유기견들을 그저 구경거리로 볼 수도 있었다. 장 루슬로의 시에 나오는 '숲을 쓰러뜨려 나무를 가져다주는 자들'이 오늘 밤에 나타나지 않을지도 모른다. 그래도 난 괜찮다. 세상에 버려진 저 개들이 누구 때문에 집을 잃고 길 위에서 죽어간다는 걸 사람들이 단 한 번이라도 눈여겨봤으면 했다.

지난 시간 동안 떠돌이 개들과 함께 내 작은 심장도 조금씩 자라고 있었다. 세상이 항상 추울 것이라고 믿지 않는다. 내가 변했듯 세상도 느리지만 조금씩 변할 것이기 때문이다.

오늘 밤 파티는 개들만을 위한 게 아니었다. 곧 이곳을 떠날 우리에게도 파티는 큰 위로가 됐다. 그동안 개들 때문에 가슴앓이는 했지만 많은 걸 경험했다. 이 밤이 지나면 우린 또다시 어디론가 옮겨가야 한다. 그것이 이모 집이 될지 아니면 엄마가 말했던 흉가가 될지 알 수 없지만 이젠 두렵지 않다.

"야, 이주노! 너 죽었어! 우리 똥강아지들 저놈의 영감탱이한테는 못 준다고! 허구한 날 술 처먹고 재들 괴롭힐 것 같으면 그냥 놔두라고 해. 데려갔다 파양하기만 해봐. 저승까지 따라갈 테니까. 만약 그런 일 벌어지면 너도 호적을 파버릴 테니 각오해!"

난데없이 엄마의 호적 엄포가 또 시작됐다. 무슨 일인가 싶어 공터 입구 쪽으로 고개를 돌려보았다. 할아버지 몇 분이 의자에 앉아 소주잔을 기울이며 술판을 벌이고 있었다.

"호적 팔 일 생기면 그땐 나도 가만있지 않을 거라고!"

난 엄마를 향해 힘껏 소리쳤다. 그 할아버지들을 보고 있자니 피식 웃음이 났다.

내일이면 이 지긋지긋한 버스 생활도 끝이 난다. 처음 이곳에 왔을 때 두렵고 막막해 어딘가로 숨고 싶었다. 그런데 지금 돌아보니 지긋지긋한 버스 생활이 가끔 생각날 것 같다. 내일이면 잿빛 하늘을 뚫고 푸른 하늘을 볼 수 있으리라는 희망도 생겼다.

시간이 지나면 분명 내 삶도 달라질 것이다. 오늘 밤이 지난다고 공터의 낡은 버스가 황금 버스로 변하는 마법은 일어나지 않겠지만, 나는 언제든 황금 버스를 탈 수 있는 열다섯 중학생이다. 개똥 같은 내 인생이라고 해가 뜨지 말라는 법은 없으니까.

작가의 말

오래전에 쓴 소설을 다시 한번 다듬어 출간하게 됐다. 처음 이 작품을 쓸 때보다 양극화는 더 심해졌고 학교폭력은 더욱 교묘해졌다. 혐오와 차별이 난무하고 있는데 이로 인해 고통받는 아이들은 작은 비명조차 내지 못하고 있다. 날이 갈수록 구분 짓기와 폭력이 심해지는 지금의 상황에서 이 이야기가 또 한 번 의미 있는 목소리가 되리라는 생각이 들었다.

처음 이 소설의 모티브는 인터넷 기사 몇 줄이었다. 유기견들과 함께 사는 가족이 결국 집에서 쫓겨났다는 이야기였다. 정말 이런 일이 있을 수 있을까? 믿어지지 않는 기사를 읽고 며칠 동안 마음이 쓰였다. 그러면서 그 이야기는 점점 내 안으로 파고들어 둥지를 틀었다.

다른 기사들로 인해 그 이야기는 인터넷상에서 금세 사라지고 뒷이야기는 사람들의 상상 속에서만 이어지게 됐다. 나 역시 그 가족이 어떤 삶을 살아갈지 너무 궁금했다. 특히 아직

십 대에 불과한 남매가 감당하기에는 너무 큰 시련이었다. 그래서 한 소년을 책 안으로 데려와 현실과 마주하게 했다.

남편을 잃은 상실감으로 우울증을 앓는 엄마, 무심하고 비겁하기만 한 어른들, 눈앞에서 폭력이 벌어져도 제 일이 아니라며 외면하고, 극한의 경쟁 속에서 타인의 고통을 이해하기에는 너무 작은 심장을 가진 아이들까지. 자신이 처한 현실을 피하지 않고 과감하게 돌파해 나갈 만한 용기를 지닌 주노는 이야기 속에서 고군분투하며 단단하게 성장해 간다.

주노처럼 누구나 삶의 무게 때문에 울고 싶을 때가 있다. 그렇다고 그 무게에 짓눌려 주저앉는다면 희망은 없다. 주노는 그것을 알기에 불의에 타협하지 않고 용기 있게 현실 속으로 뚜벅뚜벅 걸어갔다. 이 이야기를 읽고 십 대들이 크고 강한 심장을 가질 수 있다면 좋겠다.

어려운 상황을 마주하더라도 위축되지 말고 항상 타인의 아픔에 공감하며 연대하기를 바란다. 인간적인 공감과 연대가 세상을 구하는 힘이기 때문이다. 지금 당장 울고 싶은 십 대들에게 분명히 말하고 싶다. 그럴 때일수록 고개를 들고 세상을 행해 눈 맞추며 당당히 나아가라고.

십 대 여러분을 응원하며

손현주

울지 않는 열다섯은 없다

초판 1쇄 발행 2023년 3월 24일
초판 5쇄 발행 2024년 5월 24일

지은이 손현주
펴낸이 김선식

부사장 김은영
콘텐츠사업본부장 임보윤
책임편집 김정택 **디자인** 권예진 **책임마케터** 이고은
콘텐츠사업10팀장 김정택 **콘텐츠사업10팀** 이슬
마케팅본부장 권장규 **마케팅2팀** 이고은, 배한진, 양지환 **채널2팀** 권오권
미디어홍보본부장 정명찬 **브랜드관리팀** 안지혜, 오수미, 김은지, 이소영
뉴미디어팀 김민정, 이지은, 홍수경, 서가을
크리에이티브팀 임유나, 박지수, 변승주, 김화정, 장세진, 박장미, 박주현
지식교양팀 이수인, 염아라, 김혜원, 석찬미, 백지은
편집관리팀 조세현, 김호주, 백설희 **저작권팀** 한승빈, 이슬, 윤제희
재무관리팀 하미선, 윤이경, 김재경, 이보람, 임혜정
인사총무팀 강미숙, 지석배, 김혜진, 황종원
제작관리팀 이소현, 김소영, 김진경, 최완규, 이지우, 박예찬
물류관리팀 김형기, 김선민, 주정훈, 김선진, 한유현, 전태연, 양문현, 이민운
외부스태프 **일러스트** 강희경

펴낸곳 다산북스 **출판등록** 2005년 12월 23일 제313-2005-00277호
주소 경기도 파주시 회동길 490
전화 02-704-1724 **팩스** 02-703-2219 **이메일** dasanbooks@dasanbooks.com
홈페이지 www.dasan.group **블로그** blog.naver.com/dasan_books
종이 신승지류유통 **인쇄** 상지사 **후가공** 평창피앤지 **제본** 상지사

ISBN 979-11-306-9826-7 (43810)